Jack London

LA CRIDA DEL BOSC

Traducció d'Antoni Rovira i Virgili,
revisada per Alfons Tarrida
Il·lustracions de Silvano Ferrari

EDICIONS DE LA MAGRANA

Consell assessor: *Pep Albanell, Assumpció Lisson, Núria Reynés* i *Lluís Simon*

La primera edició de la traducció catalana d'aquesta obra va ser publicada per les Edicions de la Rosa dels Vents l'any 1938

Primera edició: abril de 1980
Segona edició: febrer de 1981
Tercera edició: octubre de 1981
Quarta edició: juliol de 1982
Cinquena edició: febrer de 1983
Sisena edició: octubre de 1983
Setena edició: maig de 1984
Vuitena edició: novembre de 1984
Novena edició: juny de 1985
Desena edició: octubre de 1985
Onzena edició: febrer de 1986
Dotzena edició: setembre de 1986
Tretzena edició: desembre de 1986
Catorzena edició: maig de 1987
Quinzena edició: octubre de 1987
Setzena edició: abril de 1988
Dissetena edició: novembre de 1988
Divuitena edició: maig de 1989

Disseny de la col·lecció: Pep Trujillo
Il·lustració de la coberta: Silvano Ferrari

Títol original: *The call of the wild*

Apartat de Correus 9487 - 08080 Barcelona

Imprès a Sirven Gràfic, Casp, 113 - 08013 Barcelona
ISBN: 84-7410-052-5
Dipòsit legal: B 17214-1989

I. LA LLEI PRIMITIVA

L'antic instint nòmada sorgí, revoltant-se contra la cadena de l'habitud; i del seu boirós sol secular s'aixecà el crit de la raça...

Buck no llegia els diaris; de manera que estava ben lluny d'imaginar-se el que a darreries de l'any 1897 es tramava, no solament contra ell, sinó contra tots els seus companys de raça, els grans gossos de pèl llarg, tan útils per a fer bona feina a l'aigua com en terra, als quals es perseguia en tota la regió que s'estén des de l'estret de Puget a la badia de San Diego.

Car succeïa que els homes, soscavant, com els talps, la terra obscura, havien trobat un metall groc, enfonsat dintre el sòl glaçat de les regions àrtiques; i havent-se apressat les grans companyies de transports a expandir la nova amb grans reclams, la gent se n'anava cap al Nord a carrera feta. Aquesta gent necessitava gossos, d'aquests gossos robusts que tenen músculs forts per a treballar de ferm i un excel·lent abric de pell per a protegir-los contra el fred.

Buck habitava en una magnífica propietat situada a la vall assolellada de Santa Clara, coneguda pel «domeny del jutge Miller».

Del camí estant, amb prou feines s'albira l'edifici, mig amagat pels arbres corpulents, a través dels quals s'entreveu l'ampla i fresca *veranda*, imperant sobre les quatre cares del casal. Uns caminals coberts de sorra emmenen a la graonada, sota l'ombra tremolosa dels alts àlbers, entre els verds herbeis. Un jardí immens i florit envolta la vil·la. Hi ha, a més, un nombrós servei de criats, quadres espaioses on es belluguen una dotzena de grums i criats parladors, casetes cobertes de mareselves pels jardiners i llurs ajudants, i després la interminable renglera d'hivernacles, parres i umbràculs, i més enllà horts abundosos, bones pastures, camps fèrtils i rossinyols cantaires.

I el rei absolut d'aquest esplèndid reialme era, feia quatre anys, el gos Buck, magnífic animal que tenia del seu pare Elno, el gegantí terranova, el pes i la majestat, i de la seva mare Sheps, fina gossa *colley* de pura raça escocesa, la bellesa de les formes i la intel·ligència humana de la mirada. L'autoritat de Buck era indiscutible. Regnava sense oposició, no solament sobre la turba insignificant dels gossos de les quadres, sobre el dog japonès Tersis, ídol de la mestressa de la propietat, i sobre el mexicà Isabel, gos estrany d'aspecte que feia riure, sinó també sobre tots els bípeds que vivien sota el mateix sostre que ell. Company inseparable del jutge, a qui seguia en totes les seves passejades, seia habitualment als peus del seu amo, dintre la sala de la biblioteca, estirat, majestuós i plàcid, guaitant de reüll l'escalfapanxes, i demostrant només que amb un imperceptible moviment de celles l'interès que li inspirava el que passava al seu entorn. Però si s'adonava que al defora els fills grans del jutge es disposaven a muntar a cavall, s'aixecava dignament i es complaïa a escoltar-los: així mateix, quan els joves prenien llur bany matinal en el gran reservat del jardí, Buck es creia en el deure d'associar-se a l'acte; i tampoc no deixava mai les noies en les seves passejades a peu o en carruatge. De vegades se'l veia entremig de l'herbei, portant a coll-i-be els nens petits del jutge, fentlos rodolar per l'herba, i fent acció de devorar-los amb les seves dues fileres de dents brilladores. Els menuts l'adoraven, tot tement-lo una mica, car Buck exercia sobre d'ells una severa vigilància i no permetia cap mancament a les regles. I no eren ells sols els que el consideraven així; el sentiment de la seva pròpia importància i el respecte universal que l'envoltava, donaven al bell animaló una dignitat verament reial.

Feia quatre anys que Buck portava una vida d'aristòcrata esgotat, perfectament satisfet de si mateix i dels altres, inclinat lleugerament a l'egoisme, com succeeix molt sovint als poderosos d'aquest món. Però la seva incessant activitat, la caça, la pesca, els esports, i sobretot la seva passió hereditària per l'aigua freda, el guardaven de tot embrutiment, de la més petita degeneració física; era, en veritat, el més admirable exemplar de la seva raça que es pugui veure. El seu pit espaiós, els seus flancs rodons sota la pell espessa i sedosa, les seves potes dretes i formidables, el seu ample front picat de taques blanques, la seva mirada franca, serena i atenta, li guanyaven l'admiració de tothom.

Aquesta era la situació del gos Buck quan el descobriment de les mines d'or del Klondyke atragué cap al Nord milers d'ardits aventurers. Hi faltava tot, en aquestes noves regions desolades, i per a assegurar la subsistència i fins la vida dels emigrats calgué utilitzar els trineus tirats per gossos, únics animals de tir capaços de suportar temperatura àrtica.

Buck semblava creat per a representar un paper en les glaçades solituds de l'Alaska, i això fou precisament el que succeí, gràcies a la traïció d'un mosso del jardiner. El miserable Manuel sentia una passió desenfrenada per la loteria xinesa, i com que el que guanyava li arribava molt just per a mantenir la seva muller i les criatures, no reculà davant d'un crim per a poder satisfer el seu vici.

I vet aquí que un cap-al-tard, mentre el jutge presidia el tribunal i els seus fills estaven enfeinats en l'organització d'un nou club atlètic, l'infame Manuel crida dolçament Buck, que el segueix sense recel, cregut que es tractava d'un senzill passeig a la claror de l'hora baixa. Travessen sense dificultat la finca, agafen la carretera i arriben tranquil·lament a l'estació de College-Park. Allà, un home desconegut posa a la mà de Manuel unes quantes monedes d'or, tot renyant-lo fortament perquè porta l'animal en llibertat. De seguida Manuel col·loca al coll de Buck una corda prou forta per a escanyar-lo en cas de resistència. Buck sofreix aquest afront amb calma i dignitat, per més que aquest procedir inusitat el sorprèn; habitualment, ell té confiança en totes les persones de la casa i sap que els homes tenen una saviesa superior a la seva. No obstant, quan l'home desconegut fa acció d'agafar la corda, Buck expressa amb un ronc profund el disgust que experimenta. La corda s'estreny tot seguit, escanyant-li cruelment la gorja i tapant-li el respir. Indignat, Buck s'abraona sobre l'home; aquest aleshores dóna un tomb de puny vigorós; la corda s'estreny encara més; furiós, sorprès, amb la llengua penjant i el pit convuls, Buck es retorça impotent, sentint més l'ultratge inesperat que el dolor físic; una boira cobreix els seus bellíssims ulls, que esdevenen vidriosos... Els dos còmplices el llencen mig mort dintre un furgó de mercaderies.

Quan Buck retornà en si, tremolant de dolor i de ràbia, comprengué que un tren se l'enduia, car les seves freqüents excursions amb el jutge li havien fet conèixer aquest sistema de locomoció.

Els seus ulls, en obrir-se, expressaren la ira i la indignació d'un monarca traït. De sobte s'adona que al seu costat hi ha l'home al qual Manuel l'ha lliurat. Botar damunt d'ell, encegat de ràbia, és qüestió d'un instant; però la corda l'estreny i l'escanya... si bé no tan aviat que no li doni temps d'agafar la

«Buck habitaba en una magnífica propietat situada a la vall assolellada de Santa Clara.» (pàg. 5)

mà brutal entre els seus queixals, ferint-la fins arran de l'os...

Un empleat del carril acut en sentir el soroll.

—Aquesta bèstia té atacs d'epilèpsia —diu el lladre, amagant la mà plena de sang sota el vestit—. El porto a San Francisco, per a posar-lo en mans d'un manescal entès. Val molts diners un animal com aquest. El seu amo el vol conservar...

L'empleat es retira, satisfet de l'explicació.

Mes en arribar a San Francisco, el vestit del lladre està fet a trossos, les seves calces pengen estripades des del genoll per avall, i el mocador amb què porta embolicada la mà està tenyit de porpra fosca. El viatge, evidentment, ha estat accidentat.

L'home porta Buck, mig mort, fins a una tavernota de prop de la mar, i allí, tot examinant-li les ferides, conta el cas al taverner.

—Maleït animal!... Està rabiós!... —mormola, tot bevent-se un copiós got de ginebra—. Cinquanta dòlars per aquesta feina... En bona fe, que si ara fos a començar-la no la faria ni per mil!

—Cinquanta? —diu el taverner—, i quant ha cobrat l'altre?

—No ha volgut lliurar-me aquesta bèstia bruta per menys de cent... —barboteja l'home.

—Cent cinquanta, tot plegat?... Com hi ha Déu que els val, o jo sóc un imbècil —diu el taverner examinant el gos.

El lladre, mentrestant, s'ha desfet les benes grosseres amb què portava embolicada la mà ferida.

—Serà un miracle del dimoni si no agafo la ràbia —exclama amb ira.

—No hi ha por!... El que et passarà és que ara seràs ric!... —contesta el taverner, fent una rialla burleta—. Escolta: em sembla que és hora de treureli el collar.

Estemordit, sofrint cruelment, amb la gorja i la llengua adolorides, mig escanyat, Buck volgué plantar cara als seus turmentadors. Però la corda acabà amb la seva resistència.

Per fi aconseguiren llimar el pesant collar d'aram marcat amb el nom del jutge. Aleshores els dos homes li tragueren la corda i el tiraren dintre d'una caixa reforçada amb barrots de ferro.

Allí passà una trista nit, reflexionant sobre els seus dolors i els ultratges rebuts. No comprenia res del que li passava. Què volien d'ell aquells homes? Per què el maltractaven d'aquella manera? Al més petit soroll dreçava les orelles, creient que veuria aparèixer el jutge o almenys un dels seus fills. Però quan veia la fesomia vinosa del taverner o la cara fosca del seu company de viatge, el crit joiós que li tremolava a la gorja esdevenia un profund i salvatge ronc.

Per fi tot quedà en silenci. A trenc d'alba, quatre subjectes malcarats anaren a agafar la caixa on Buck estava tancat i la posaren en un furgó.

L'animal començà a lladrar furiosament als nous individus. Però aviat adquirí el convenciment que es mofaven de la seva ràbia impotent: es posà a jeure en un racó de la gàbia, i allí restà esquerp, immòbil i silenciós.

El viatge fou llarg. Transportat d'una estació a l'altra, passant d'un tren de mercaderies a un exprés, Buck travessà a tota velocitat una gran extensió de terreny. El trajecte durà quaranta-vuit hores.

En tot aquest temps no havia begut ni menjat res. Com que responia amb un ronc sord als empleats del carril, aquests es venjaren privant-lo d'aliments. La fam no el turmentava com la set cruel que li assecava la gorja, inflamada per la pressió de la corda. El furor s'agitava en el seu cor i s'ajuntava a la febre ardent que el consumia; la felicitat de la seva vida passada feia més dolorosa encara la seva condició present.

Buck meditava amb la seva ànima de gos sobre

el que li havia succeït en aquells dos dies plens de sorpreses i d'horror; i sentia créixer la seva indignació i la seva ira, augmentades per la sensació desacostumada de la fam que li comprimia les entranyes com unes tenalles. Desgraciat del primer que en aquell moment hagués pogut agafar! El mateix jutge amb prou feines hauria reconegut en aquell animal ferotge el bondadós company de les seves jornades placèvoles; quant als empleats del carril, llançaren un sospir de satisfacció en desembarcar a Seattle la gàbia que contenia la bèstia feréstega.

Quatre homes l'alçaren amb precaució i el portaren a un pati estret i fosc, envoltat d'altes muralles, on hi havia un home petitó i grassó, amb la pipa a la boca, que portava una samarreta de llana vermella amb mànigues arregussades fins damunt del colze.

Endevinant en aquest home un nou enemic, Buck, amb els ulls sangonosos i el pèl eriçat, mostrant les dents sota els llavis retorçats, es llançà, udolant, contra els ferros de la gàbia.

L'home féu un mig riure maligne, desà la pipa, i agafant una destral i un enorme garrot, s'atansà al gos amb passes metòdiques.

—Escolta, no vas pas a fer-lo sortir? —preguntà, reculant, un dels que l'havien portat.

—Doncs què et creus...? Espera't una mica... —contestà l'home clavant d'un cop la destral a les planxes de la gàbia.

Els altres s'apressaren a fugir, i reaparegueren al cap de poca estona enfilats a la paret del pati, ben situats, per veure el que passaria.

Quan Buck sentí els cops de destral contra la seva gàbia, va dreçar-se; mossegant els barrots i tremolant d'ira i d'impaciència, esperà.

—Ja som nosaltres dos sols, amic!... Quan em faràs bona cara? —mormolà l'home de la samarreta vermella.

Tan aviat com tingué feta una obertura suficient per a passar l'animal, llançà la destral i quedà en guàrdia, garrot en mà.

Buck estava desconegut; els ulls sangonosos, l'expressió ferotge, la boca vessant escuma, envestí l'home, com una bèstia rabiosa... Però en el moment que les seves dents anaven a clavar-se en la cara d'aquell subjecte, un cop sàviament aplicat al mig del crani el tira a terra. Les dents del gos xoquen violentament, però alçant-se d'un bot s'abraona altra vegada, ple d'una ràbia cega; i de bell nou és rudement vençut. La seva ràbia creix. Deu vegades, vint vegades, torna a la càrrega, i a cada nova temptativa és detingut en la seva fúria per un formidable cop pegat de mà destra. Per fi, atordit, estermordit, Buck resta en terra, panteixant. La sang goteja dels seus narius, de la seva boca, de les seves orelles; té el pèl tot brut d'una escuma sangonosa; la desgraciada bèstia sent que el seu cor generós està a punt de rompre's de dolor i de ràbia impotent...

Aleshores l'home fa una passa endavant, i fredament, deliberadament, agafant amb totes dues mans el garrot, deixa caure sobre el musell del gos un cop terrible. L'intens dolor desperta Buck del seu sopor, puix que cap dels altres cops no havia igualat el darrer. Amb un udol foll, s'abraona sobre el seu enemic. Sense emocionar-se, aquest li introdueix el puny a la boca oberta, i agafant amb els seus dits de ferro la mandíbula de l'animal, el sacseja, el balanceja i, finalment, aixecant-lo fins a l'alçada del braç, li fa descriure enlaire un cercle complet i el llança amb tota la força de cap contra la paret.

Aquest cop reservat per al final, li assegura la victòria. Buck roman immòbil, rendit.

—Eh?... Què et sembla?... No hi ha ningú com ell per a dominar un gos!... —exclamen els espectadors entusiasmats.

—Et juro —diu un d'ells, tot anant-se'n— que

més m'estimaria trencar cada dia palets de riu, i fer doble feina el diumenge, que tenir un ofici com aquest... Això trenca el cor.

Buck, a poc a poc, recobrava els sentits, però no les forces; estès sobre el lloc on havia anat a caure, espiava amb ulls atònits tots els moviments de l'home de la samarreta vermella.

Aquest se li acostà tranquil·lament.

—I bé, amic meu —féu amb una mena de rude jovialitat—. Com va això?... Una mica millor, oi? Sembla que us dieu Buck —afegí, consultant el rètol penjat als barrots de la gàbia—. Bé, bé... Doncs, Buck, amic, escolteu el que us haig de dir: crec que ens entenem. Acabeu de comprendre quin és el vostre deure. Jo sabré complir el meu. Si sou un bon gos, tot anirà bé. Si voleu fer dolenteries, aquí tinc un bastó que us ensenyarà a ésser prudent. Ja em compreneu, eh?... Entesos, doncs!

I sense gota de por, l'home passa la seva mà per sobre la testa poderosa del gos, encara sagnant de cops. Buck sent que el pèl se li eriça amb aquest contacte, però el sofreix sense protestar. I quan l'home li duu una galleda d'aigua fresca, beu àvidament, i de seguida accepta un bocí de carn crua que l'home li dóna, mossada a mossada.

Buck, vençut, acabava d'aprendre una lliçó que no oblidaria en tota la seva vida: que no podia res contra un ésser humà armat d'un bastó. Trobant-se per primera vegada davant de la llei primitiva, fentse càrrec de les condicions noves i duríssimes de la seva existència, esborrà de la seva memòria la dolçor dels dies ara ja passats i es resignà a sofrir l'inevitable.

Altres gossos arribaven en gran nombre, els uns dòcils i joiosos, els altres furiosos com ell, però cadascú al seu torn aprenia la lliçó. I cada vegada que es reproduïa davant dels seus ulls l'escena brutal de la seva pròpia arribada, aquesta lliçó li penetrava més profundament dins del cor; no hi havia més remei que obeir la llei del més fort...

Mes per convençut que estigués d'aquesta dura necessitat, Buck no hauria imitat mai la baixesa d'alguns dels seus congèneres, els quals, vençuts, anaven, humiliant-se, a llepar les mans del botxí. Buck obeïa, però sense perdre la seva digna actitud i mesurant amb la vista l'home avorrit.

Sovint venia gent estranya. Examinaven els gossos, lliuraven monedes, i després s'enduien un o més companys, que ja no tornaven a aparèixer mai més. Buck no sabia el que això significava.

Per fi arribà el seu torn.

Un dia aparegué a l'eixida dels gossos un home petit, sec i viu, d'expressió desvergonyida, xampurrejant un anglès especial, empedrat de mots desconeguts per Buck.

—Diantre!... —exclama adonant-se del superb animal—. Vet aquí un gos terrible!... El diable se m'endugui!... Quant en voleu?

—Tres-cents dòlars. I encara perquè sou vós! És un veritable regal que us faig —contestà promptament el marxant de gossos—. Però entremig del negoci deuen haver-hi diners del govern, oi Perrault? No us enfadeu!

Perrault es limità a fer una mitja rialla. En bona fe que no era car un animal com aquell, i el govern del Canadà no es planyeria pas si veiés arribar els correus la meitat més depressa que de costum. Perrault era un home entès. I tan bon punt hagué examinat Buck, comprengué que no en trobaria mai un altre d'igual.

Buck, atent, sentí dringar els diners que el visitant posava a les mans del domador. Després Perrault xiulà a Buck i a Curly, terranova d'un excel·lent caràcter, arribat feia poc, i que havia estat adquirit igualment. Els gossos seguiren el nou amo.

Perrault conduí els dos gossos a bord del paquebot «Narwhal», que tot seguit marxà; i Buck, animat i content, en veure desaparèixer a l'horitzó la ciutat de Seatle, tingué el convenciment que els seus ulls contemplaven per última vegada les terres assolellades del Sud.

Aviat Perrault baixà les bèsties a l'entrepont i les encomanà a un gegant de cara bruna que es deia Francesc, servent seu. Perrault era un franco-canadenc a bastament bronzejat; però Francesc era un mestís indi franco-canadenc molt més bronzejat encara.

Buck no havia trobat mai homes d'aquest tipus, i no va tardar a sentir per a ells una estima sincera bé que desprovista de tota tendresa; perquè si bé eren durs i freds també es mostraven estrictament justos. Per altra banda, l'íntima coneixença que tenien de la raça canina feia inútil tot intent d'engany i això els feia respectar.

Buck i Curly trobaren dos altres companys a l'entrepont del «Narwhal». L'un era un fort i gran mastí blanc com la neu, portat de Spitzberg pel capità d'un balener; d'entrada era un gos simpàtic, però de caràcter fals. Tot just la primera vegada que menjaren ja robà la part de Buck. Quan aquest, indignat, es llençà per a recuperar el seu tros de carn, el llarg fuet de Francesc xiulà a l'aire i espetegà sobre l'esquena del lladre, que tornà el botí mal adquirit. Buck jutjà que Francesc era un home just i li concedí la seva estima.

El segon gos era un animal de caràcter mandrós i malhumorat. Tot seguit féu comprendre a Curly, que no parava d'escometre'l, la seva voluntat de ser deixat tranquil. Però almenys aquest no robava res. Es deia Dave i semblava pensar únicament en menjar, badallar, beure i dormir. Res no l'interessava fora d'ell mateix.

Quan el paquebot entrà a la badia de la Reine-Charlotte, Buck i Curly es pensaven que es tornaven folls de terror, tot sentint com el vaixell balancejava, feia capficalls i cruixia com un ésser humà sota els cops de les ones. Però Dave, tot veient la seva agitació, aixecà el cap i els mirà amb menyspreu; després badallà i, girant-se sobre l'altre costat, s'adormí tranquil·lament.

Els dies passaren llargs i monòtons. De mica en mica, la temperatura baixava. Mai Buck no havia patit tant de fred.

Finalment l'hèlice es parà i la nau es quedà immòbil; però tot seguit una febril agitació s'apoderà de tots els passatgers. Francesc lligà fortament els gossos i els féu pujar al pont. Hom s'empentejava per travessar la passarel·la. Tot de cop Buck se sentí enfonsat en una substància tova i blanca, semblant a la pols freda i mullada. Reculà tot grunyint; altres petites coses blanques queien i s'arrapaven al seu pèl. Intrigat en caçà una al vol i quedà sorprès: aquesta substància blanca cremava com el foc i es fonia com l'aigua... I els espectadors vinga riure. Buck se sentia avergonyit sense saber massa per què: era la primera vegada que veia neu.

II. LA LLEI DEL BASTÓ I DE LES DENTS

El primer dia de Buck sobre el sorral de Dyjea va ser un veritable malson. Totes les hores li portaven una emoció o una sorpresa. Brutalment arrabassat de la seva vida peresosa i assolellada, es trobava, sense transició, llençat del cor de la civilització al centre mateix de la barbàrie. Aquí no hi havia ni pau, ni repòs, ni seguretat; tot era confusió, topades i perill. Sempre calia estar despert perquè les bèsties i els homes no reconeixien cap més altra llei que la del bastó i la de les dents. Innombrables gossos ocupaven aquesta terra nova, i Buck mai no havia vist res semblant a les ferotges lluites que entre ells feien, semblants als llops; el seu primer contacte li quedà per sempre gravat a la memòria. L'experiència no va pas ser personal perquè de poc li hauria pogut servir; la víctima fou Curly. Aquesta gossa, fidel al seu caràcter sociable, s'acostà a un gos salvatge de la talla d'un gran llop, però la meitat de gros que ella. La resposta no es féu esperar, per desgràcia: un bot ràpid com un llamp, un petament metàl·lic de les dents, un altre bot de costat no menys àgil i la cara de Curly quedà oberta des dels ulls fins a les barres.

El llop combat així: ataca i fuig; però aquest assumpte no quedà així. Trenta o quaranta gossos salvatges es van acostar i formaren, al voltant dels combatents, un cercle atent i silenciós. Buck no comprenia aquesta intensitat de silenci i la manera com els gossos es llepaven els morros. Curly s'aixeca i es precipita sobre el seu adversari que de nou la mossega i llença més lluny. A la tercera embestida, l'animal para el cop de la gossa amb el pit, de tal manera que aquesta perd peu i ja no es pot aixecar. Això era el que esperava l'enemic. Tot seguit la gossada es llença sobre la pobre bèstia que queda colgada per la massa udolant i salvatge. Tot fou tan ràpid i inesperat que Buck quedà desconcertat. Va veure com Spitz treia la seva llengua vermella, que era la seva manera de riure, i com Francesc, fent anar una destral, saltava al mig dels gossos. Tres homes armats de bastons l'ajudaren a dispersar-los, cosa que no fou molt difícil. Dos minuts després de la caiguda de Curly, el darrer dels assaltans fugia amb la cua entre cames; però la gossa quedava sense vida sobre la neu tacada i ensangonada, mentre el mestís deixava anar terribles renecs. Buck conservà durant molt temps el record d'aquesta terrible escena. Abans de refer-se de la mort tràgica de Curly va haver de suportar una nova prova. Francesc li posà sobre el cos els arreus fets de corretges i sivelles; era un arnès semblant a aquells que tantes vegades havia vist posar als cavalls; i com a ells li calgué estirar d'un trineu, amb el seu amo sobre, fins al bosc, més enllà de la vall, i retornar amb un carregament de fusta; però encara que la seva dignitat fou ferida profundament en veure's transformat així en una bèstia de tir, s'havia tornat prou prudent com per no revoltar-se. Resoludament es dedicà a fer el millor possible el treball malgrat la novetat i l'estranyesa d'aquests exercicis. Francesc era sever, i exigia una obediència absoluta que d'entrada obtenia per la força del seu fuet. Dave, experimentat cap de vares de la tragella, el mossegava a cada error que cometia. Spitz, que anava davant, i en sabia bé prou, com que no podia mossegar-lo el bordava de tant en tant o astutament deixava anar el seu pes cap a un cantó o un altre per tal que Buck seguís la direcció deguda.

«Francesc li posà sobre el cos els arreus fets de corretges i sivelles.» (pàg. 20)

Buck aprengué ràpidament i en poques hores féu remarcables progressos, gràcies a les lliçons combinades dels seus dos companys i de Francesc. Abans de tornar al campament ja sabia que calia parar-se al senyal de So!, arrencar al senyal de Mush!, i que calia agafar el revolts ben oberts i mantenir-se el més lluny possible del cap de vares quan el trineu baixava per un pendent.

—Aquests són tres bons gossos —digué Francesc a Perrault—. Aquest Buck tira com un diable i ha après en ben poc temps.

A la tarda, Perrault, que tenia pressa per marxar amb el correu, portà dos nous gossos resistens i vigorosos. Billee i Joe, tots fills de la mateixa mare, tan diferents l'un de l'altre com la nit del dia. Billee era massa mansoi; mentre que Joe, esquerp i poc sociable, de mal ull, i grunyint sempre, era tot l'oposat. Buck els rebé en bona companyia, Dave els ignorà i Spitz es posà a estomacar-los ara l'un ara l'altre. Billee per apavaigar-lo remenà la cua; però les seves pacífiques intencions no tingueren cap èxit, i llençà un udol quan sentí que les dents punxagudes de Spitz se li clavaven a les anques. Joe, però, sempre estava a punt de fer front a Spitz quan aquest atacava. Les orelles tirades enrera, el pèl eriçat, el llavi arremangat i tremolós, les dents a punt de mossegar, i l'ull amb una lluentor diabòlica: Joe era una veritable encarnació de la por bel·licosa. El seu aspecte era tan evident que Spitz renuncià a atacar-lo i per a cobrir-se de la seva derrota tornà atacar al pobre i inofensiu Billee i el perseguí fins a l'extrem del campament.

Cap al tard, Perrault portà encara un altre gos, un vell husky, alt, magre, escadarlenc, cobert de glorioses cicatrius guanyades en molts combats, només amb un sol ull però que li brillava amb tal força que inspirava un fort respecte. Es deia Sol·leck que vol dir el «Mal Content». Semblantment a Dave no demanava res, no donava res, no esperava res, i quan s'incorporà lentament i deliberadament a la canilla, fins i tot el mateix Spitz el deixà tranquil. Tot seguit hom remarcà que no tolerava que ningú se li acostés pel costat del seu ull cec. Buck tingué la mala sort de fer aquesta descoberta i de patir-la en la seva pròpia carn, perquè Sol·leck d'un cop de dent li foradà l'espatlla amb un tall d'uns 3 centímetres. Buck evità amb cura de no repetir l'ofensa i tots dos quedaren bons companys fins a la fi. Sol·leck semblava, com Dave, no tenir altre desig que la tranquil·litat, però Buck descobrí més tard que l'un i l'altre alimentaven al fons del cor una passió ardent de la qual parlarem més endavant.

Aquesta nit, Buck hagué de resoldre el dormir. La tenda il·luminada per una espelma projectava una càlida lluïssor sobre la blanca plana: però quan tot naturalment hi entrà, Perrault i Francesc el bombardejaren de renecs i d'estris de cuina que el feren fugir, consternat, al fred de fora. Bufava un vent terrible que el glaçava i li deixava la ferida de la seva espatlla particularment dolorosa. S'estirà sobre la neu i intentà de dormir però el fred el portà tot seguit a aixecar-se; miserable i desolat errava a l'atzar buscant en va un lloc on cobrir-se o una mica de calor. De tant en tant els gossos salvatges intentaven atacar-lo, però ell grunyia tot posant de punta els pèls del seu coll (defensa que havia après ràpidament) i mostrant un front formidable que ben aviat féu desistir a aquells bergants i així continuà el seu camí sense ser molestat.

De sobte, a Buck li vingué la idea de cercar els seus companys de tir. Amb gran sorpresa seva s'adonà que tots havien desaparegut; recorregué novament tot el camp, després tornà al punt de sortida, sense poder trobar-los. Convençut que no podien estar sota la tenda, puix que ell n'havia estat foragitat, seguí vagant per allí, tremolant de fred, la cua caiguda i sentint-se molt desgraciat. De cop, la neu s'enfonsà sota les seves potes, i caigué en un clot, al fons del qual es bellugava alguna cosa; tement l'invisible i l'inconegut, féu un ronc i es redreçà mentre feia un bot cap enrera. Havent-li respost un gemec amical, recomençà les seves investigacions, i alhora que un alè d'aire calent li venia a la cara, descobrí el gos Billee, enrotllat com una bola de neu. Billee gemegà dolçament, i se li posà damunt de l'esquena per a demostrar-li la seva bona voluntat i les seves intencions pacífiques, i per a fer les paus, arribà fins i tot a passar-li pel rostre la seva llengua calenta i mullada.

Heus ací una altra lliçó per a Buck, que es trià immediatament un lloc, i després de molts esforços inútils aconseguí fer-se un forat. En un instant, la calentor del seu cos omplí el petit espai, i per fi trobà un repòs ben guanyat.

La jornada havia estat llarga i penosa i el seu son, per bé que profund, es barrejà amb lluites i batalles lliurades contra enemics quimèrics.

Buck no obrí els ulls fins que sentí el brogit del despertar del camp. De primer antuvi no comprengué on era. La neu de la nit l'havia sepultat completament i un mur glaçat el tancava per tots els costats. Li agafà por, la por de la bèstia salvatge presa en un parany: símptoma del retorn de la seva personalitat a la dels seus ancestrals, car essent un gos civilitzat, massa civilitzat potser, ignorava els paranys. Tots els músculs del seu cos es contragueren instintivament: els pèls del cap i de les espatlles se li eriçaren, i amb un udol ferotge, Buck sortí a la claror del dia, enmig de la neu que pertot arreu el voltava.

Abans de tornar a ensorrar-se sota les potes, havia vist el camp, davant d'ell, i com un llampec, havia tingut un record clar de l'esdevingut des de la passejada amb Manuel fins al forat que s'havia obert la nit precedent.

Una exclamació de Francesc saludà l'aparició del gos.

—No t'ho deia, jo? —cridà a Perrault—. Aquest Buck és més maliciós que una mona! Aprèn les coses amb una rapidesa sorprenent.

Perrault brandà el cap amb aire seriós d'aprovació. Correu del govern del Canadà i portador d'importants despatxos, estava desitjós de proveir-se de les millors bèsties i l'adquisició de Buck el satisfeia plenament.

En menys d'una hora, altres tres gossos foren ajuntats al vehicle, formant així un total de nou animals; i un quart després, tots enganxats, enfilaven el camí en la direcció del Degea Canon. Buck estava content de marxar, i per més que la tasca era dura, no li semblava gens menyspreable. L'impressionà l'ardidesa que animava tota la tragella, la qual se li encomanà, i més l'impressionà encara el canvi que veia en Dave i Sol·leck, als quals els arnesos transformaren. Tota la indiferència d'aquests dos havia desaparegut; atents, actius, desitjosos de fer bé llur feina, s'irritaven violentament contra tot el que podia endarrerir-los, contra el més petit desordre o el més lleuger error.

La missió de llurs éssers semblava estar reduïda a tirar bé, fi suprem pel qual ells vivien, i l'únic que podia satisfer-los.

Dave anava a les vares del trineu; davant d'ell, hi anaven Buck i el «Mal Content»; els altres seguien en renglera, darrera del gos guia Spitz.

Per a completar la seva educació, Buck havia estat col·locat entre Dave i Sol·leck. Per bon deixeble que es mostrés, tenia molt encara a aprendre, i aprengué força dels seus dos mestres, que no el deixaven estar gaire temps en l'error i que reforçaven llurs lliçons mitjançant els arguments de llurs dents esmolades. Dave era just i moderat. Mai no mossegava Buck sense motiu; però a la més mínima falta, no s'oblidava d'avisar-lo amb les dents; i com que el fuet de Francesc el secundava sempre, Buck trobà preferible corregir-se que contestar.

Durant una curta parada, havent-se entrebancat amb les tirandes i havent retardat per consegüent la sortida del trineu, rebé alhora el càstig de Dave i de Sol·leck. El desordre que en pervingué fou encara més gros, però d'aleshores endavant Buck evità curosament d'embolicar les tirandes, i abans d'acabar el dia havia comprès tan bé el seu treball, que els seus companys deixaren de renyar-lo. El fuet de Francesc petà menys sovint, i el mateix Perrault féu a Buck, durant la parada, l'honor d'examinar-li detingudament les potes.

Aquella fou una rude jornada de viatge. Travessaren el Canon, Sheep-Camp, les Scales i els límits dels boscos; pujaren per les glaceres i pels munts de neu de centenars de peus de profunditat, i passaren el Chilcoot-Divide, que separa l'aigua salada de l'aigua dolça, i guarda gelosament el Nord trist i solitari.

La caravana descendí ràpidament la cadena de llacs que omplen els cràters dels volcans extingits; la vetlla era ben entrada quan es deturaren en el vast camp situat al costat del llac Bennett, on milers de cercadors d'or construïen vaixells en previsió de la primavera, que fondria el glaç. Com la nit abans, Buck féu el seu forat a la neu i s'hi adormí amb el son dels justos, per a ésser desenterrat l'endemà de la nit negra i reprendre la tasca amb els seus companys.

Aquell dia feren quaranta milles, car el camí estava ben obert, però l'endemà i força dies més, hagueren de treballar més de ferm i avançar més a poc a poc, perquè havien d'establir les pròpies pistes. Generalment, Perrault precedia el trineu, arrambant la neu amb els seus patins per a facilitar-li la ruta. Francesc servava la barra del trineu i rares vegades canviava la feina amb el seu company. Perrault tenia pressa i es vanava de conèixer bé el glaç, ciència indispensable, puix que la capa nova era poc gruixuda i sobre l'aigua corrent no n'hi havia gens.

Durant molts dies Buck tirà junt amb els altres. Sempre sortia quan el camp encara era fosc, i les primeres lluors de l'alba sorprenien els viatgers ja en marxa, recorregudes un cert nombre de milles. Habitualment, es feia parada quan ja era negra nit, es donava als gossos una ració de peix i els animals jeien en la neu. Buck hauria volgut tenir més menjar; la lliura i mitja de peix sec que era el seu aliment quotidià no li bastava. Mai no en tenia prou i sempre patia gana; no obstant, els altres gossos, que pesaven menys i estaven avesats a aquella vida, no percebien més que una lliura de menjar i es conservaven en bon estat. Buck perdé aviat la delicadesa del gust, fruit de la seva primera educació.

Menjador refinat com era, s'adonà que els seus congèneres, que havien enllestit primer que ell, li robaven el que li restava de la seva ració, sense que pogués defensar-la contra llurs atacs, car mentre allunyava els uns, els altres s'havien apoderat de pressa del tros ambicionat. Per a posar remei a aquest estat de coses, aprengué a menjar tan de pressa com els altres, i esperonat per la fam, no dubtà a prendre com ells els béns d'altri quan l'ocasió se li presentà.

Havent vist com el gos Pike, lladre destre, feia desaparèixer un bocí de pernil per darrera de Perrault, Buck repetí l'operació i la perfeccionà des de l'endemà, emportant-se'n tot el tall sencer. D'això n'esdevingué un gros tumult, però el culpable s'escapà de les sospites, mentre que Dub, gos maldestre que sempre es feia mal veure, fou castigat per culpa de Buck.

El conjunt de qualitats o defectes que desplegà

el nostre heroi en aquest primer acte de bandidatge, semblava indicar que triomfaria de tots els obstacles de la seva nova vida. Buck remarcava la desaparició de la seva honradesa, cosa inútil i enutjosa en l'aspra lluita per l'existència; per altra part, no robava per gust, sinó per necessitat, en secret i hàbilment, per por al bastó i a les dents.

El seu desenrotllament físic fou complet i ràpid, els seus músculs prengueren la duresa del ferro i esdevingué insensible al dolor; la seva economia interna i externa es modificà. Podia menjar sense dificultat les coses més indigestes i repugnants. La vista i l'olfacte se li tornaren extremament subtils i les seves orelles adquiriren una tal finor, que tot dormint percebia el més feble soroll i sabia conèixer si era de caràcter pacífic o perillós. Aprengué a arrencar amb les dents el glaç que se li enganxava a les potes: i quan tenia set i una crosta espessa de glaç el separava de l'aigua, sabia aixecar-se per trencar-la caient i pegant contra el glaç amb les potes davanteres. La seva facultat mestrívola era la de sentir el vent i de preveure'l una nit per endavant. Per encalmat que estigués l'aire, al vespre es cavava el seu niu prop d'un arbre o d'un recer, i el vent que bufava després el trobava abrigat i calentó en el seu forat.

No fou l'experiència el seu únic mestre, car instints adormits es despertaren en ell, i perdia a poc a poc la civilització de les generacions domesticades.

Aprengué fàcilment a batre's com els llops, els quals els seus avis oblidats havien combatut en altres temps. En les nits fredes i serenes, quan, aixecant el cap vers els estels, udolava llargament, eren els seus avantpassats, avui cendra i pols, els que a través dels segles udolaven en ell. Buck es féu seves les cadències de la melopea monòtona dels avantpassats, aquest cant que simbolitza la calma, el fred, la foscor.

La vida isolada de l'individu no representa gran

«ELS HOMES HAVIEN DESCOBERT EN UNA REGIÓ SEPTENTRIONAL UN CERT METALL DE COLOR GROC.» (pàg. 30)

cosa, en suma; i les modificacions de l'espècie deixen intacta la continuïtat de la raça amb els seus caràcters essencials, amb les seves arrels profundes i els seus instints primitius. Vet aquí per què l'antiga cançó sorgí de sobte en aquesta ànima canina i el passat ressuscità en Buck.

I tot això perquè els homes havien descobert en una regió septentrional un cert metall de color groc que cobdiciaven molt i perquè Manuel, l'ajudant de jardiner, rebia un salari que no estava a l'alçada de les seves necessitats.

III. DOMINA LA BÈSTIA PRIMITIVA

En les dures condicions de la seva nova existència, els instints ancestrals oblidats reapareixien en Buck, però creixien secretament; car la seva astúcia novella sabia contrarestar-los i dissimular-los. Massa nou encara en aquesta vida tan diferent de l'anterior per a trobar-s'hi de gust, evitava les baralles; no demostrà amb cap acte d'impaciència l'odi mortal que tenia al gos Spitz, i es guardava prou bé de prendre l'ofensiva contra ell.

D'altra banda, i potser perquè endevinava en Buck un rival perillós, Spitz no perdia cap ocasió d'ensenyar-li les dents. L'atacava sense raó, esperant provocar d'aquesta manera la lluita que acabaria amb la mort d'un dels dos. Al començament del viatge, d'una mica més s'hauria produït entre els dos gossos un conflicte mortal, si no l'hagués evitat una inesperada complicació.

A la fi d'una jornada de marxa, la caravana havia establert el campament a la vora del llac Le Barge. La foscor, la neu que queia i el vent tallant com una fulla de navalla, havien obligat els viatgers a cercar a tota pressa i a les palpentes llur refugi per a la nit. El lloc havia estat molt mal escollit; darrera d'ells s'alçava un mur de roques abruptes, i els homes hagueren d'encendre foc i estendre llurs abrics folrats sobre la mateixa superfície del llac, puix que havien deixat la tenda de campanya a Dyjea, per a alleugerir la càrrega. Alguns trossos de fusta els serviren per a encendre foc i hagueren de menjar la sopa a les fosques.

Buck s'havia apariat el llit al peu de les roques. Hi estava tan calent, que li sabé greu de sortir-ne quan Francesc distribuí el peix, prèviament desglaçat al foc.

Quan, després d'haver menjat, tornà al seu llit, el trobà ocupat. Un ronc l'advertí que l'usurpador era Spitz. Buck havia evitat fins aleshores barallar-se amb el seu enemic; però això ja era massa. La bèstia ferotge que dormia dins d'ell es despertà i saltà damunt de Spitz amb una fúria que sorprengué aquest, acostumat a considerar Buck com un gos molt ímid, la supremacia del qual només era deguda a la seva alta talla i al seu gran pes.

Francesc quedà també sorprès veient-los tots dos saltar davant del forat. Endevinant el motiu de la disputa cridà:

—Au, amunt, Buck!... Fort, clava-li una pallissa a aquest porc lladre!

Spitz estava disposat a batre's. Lladrant de ràbia i d'ardor, voltava a l'entorn de Buck, espiant el moment favorable per saltar damunt d'ell. Buck, no menys ardent, però ple de prudència, cercava també de prendre l'ofensiva. Però en aquest moment sobrevingué l'incident que deixà per a un llunyà avenir la solució de la contesa.

Un renec de Perrault, un cop de bastó sobre una esquena ossosa i un crit de dolor, promogueren de sobte un esfereïdor soroll inharmònic.

El camp estava ple de gossos indígenes, famolencs, en nombre d'una seixantena, vinguts sens dubte d'un vilatge indi i atrets per les provisions dels viatgers. S'havien esmunyit desapercebuts, durant la batalla de Buck i Spitz, i quan els dos homes, amb llurs garrots, es llançaren entremig dels invasors, aquests ensenyaren les dents i resistiren. L'olor dels aliments els havia enfollits. Perrault en trobà un amb el cap ficat dins d'una caixa de queviures i féu caure pesadament el seu garrot sobre els flancs descarnats del ca; la caixa caigué a terra. En el mateix instant, sense temença del bastó, una vintena de gossos famèlics es llançaren sobre el pa i el pernil, udolant sota els cops, disputant-se àvidament els últims bocins de menjar. Mentrestant, els gossos de tir, sorpresos, havien saltat fora dels seus forats i una lluita s'havia entaulat entre ells i els gossos lladres. En la vida seva Buck no havia vist res de semblant a aquells esquelets recoberts de cuir, d'ulls brillants i de llavis bavosos; la fam els feia terribles i indomables.

Al primer assalt, els gossos del trineu es veieren rebutjats al peu del roquer. Buck fou atacat per tres gossos alhora; en un tancar i obrir d'ulls, de la seva testa i de les seves espatlles rajà sang. El brogit era espantós. Billee gemegava com de costum. Dave i Sol·leck, dessagnant-se per diverses ferides, combatien coratjosament costat per costat. Joe mossegava com un diable; una vegada agafà entre les seves dents la cuixa d'un dels assaltants i se sentí petar l'os. Pike botà damunt d'un animal fet malbé i li destrossà els ronyons d'una mossegada. Buck agafà per la gorja un adversari escumejant i li clavà les dents a la vena jugular: el gust de sang excità el seu furor i es llançà sobre un altre enemic amb una ràbia redoblada; però alhora sentí unes dents agudes enfonsar-se en la seva gola; era Spitz que l'atacava traïdorament de costat.

Perrault i Francesc, havent aconseguit desembarassar el camp, anaren en socors de Buck, que aconseguí veure's lliure de l'atac innoble. Però els dos homes hagueren d'anar cap al lloc on hi havia les caixes de conserves, amenaçades novament. I aquesta vegada els invasors, reduïts en nombre però desesperats, mostraren un furor tan ferotge, que Billee, encegat, en un excés de terror, es llançà més enllà del cercle amenaçador i caigué sobre el glaç a risc d'enfonsar-s'hi. Pike i Dub el seguiren de prop, igual que els altres gossos de la tragella. En el moment que Buck anava a ajuntar-se amb ells, veié de cua d'ull Spitz que es preparava per a saltar damunt seu i tirar-lo a terra. Un cop a terra, enmig d'aquella massa de fugitius, Buck hauria sucumbit. Però pogué resistir l'empenta de Spitz i s'ajuntà amb els seus companys sobre el llac.

Els nou gossos del trineu, que deixaren d'ésser atacats, es reuniren i cercaren un alberg al bosc. Feien llàstima: cada un tenia cinc o sis ferides, algunes d'elles molt profundes. Dub estava greument ferit d'una pota del darrera; Dolly, el darrer gos comprat a Dyjea, tenia una ampla ferida al coll. Joe havia perdut un ull, i el dolç Billee, amb una orella tallada, no deixà de gemegar tota la nit. A punta de dia, cadascú tornà penosament al camp.

Els dos homes estaven de molt mal humor, car la meitat de les provisions havien desaparegut. Res del que podia menjar-se no s'havia escapat de les dents dels gossos indígenes.

Havien devorat les corretges del trineu i de la vela i havien destrossat un parell de sabates de cuir i la bufanda de Perrault, fragments de guarniments i més de seixanta centímetres del fuet de Francesc. Quan arribaren els gossos ferits, aquest contemplava totes aquelles destrosses amb tristesa.

—Ah, amics meus! —exclamà amb dolor—. Potser tots us tornareu rabiosos de resultes d'aquestes mossegades. Què us sembla, Perrault?

Perrault brandà el cap inquiet. Quatre-centes milles de distància el separaven de Dawson i la hipòtesi de Francesc el feia estremir. Després de dues hores de renecs i esforços, s'aconseguí posar les coses en ordre, i la tragella, adolorida per les ferides, reprengué la marxa per a seguir el trajecte més penós que havia de recórrer fins a Dawson. El riu de Thirty-Mile, desafiant la glaçada, feia rodar lliurement les seves aigües tumultuoses, i el gel només triomfava en les petites badies i en els paratges tranquils. Foren necessaris sis dies de treball obstinat i de perill constant per a cobrir aquelles horribles trenta milles. Mitja dotzena de vegades, Perrault, que feia d'explorador, sentí el glaç trencar-se sota les seves plantes, i se salvà gràcies al llarg bastó que duia, que posava de través sobre el forat fet en la neu pel seu cos. El fred era terrible, el termòmetre marcava 50 graus sota zero, i Perrault, després de cada un d'aquells banys involuntaris, havia d'encendre foc i eixugar-se el vestit.

Però a ell no el deturava res. Justificava l'haver-se'l escollit com a correu del govern. Amb la seva figura encongida, començant a ésser vell, se'l veia sempre als llocs més perillosos, aventurant-se resoltament sobre les riberes escarpades on el glaç, de vegades, trencant-se i petant, feia feredat, sempre segur de si mateix, ardit, incapaç de descoratjament.

Una vegada, el trineu s'enfonsà. Dave i Buck estaven gelats i gairebé negats quan aconseguiren treure'ls de l'aigua. Calgué, per a salvar-los, encendre el foc de costum. Una closca de gel els recobria, i els dos homes, per a desglaçar-los i retornar-los la calor, hagueren de fer-los córrer tan a prop del foc, que el pèl se'ls socarrimà.

Una altra vegada, Spitz s'enfonsà, seguit d'una part de la tragella, fins a Buck, que, tirant-se enrera amb tota la seva força, clavà les seves potes a la vora relliscosa del forat obert, mentre el glaç tremolava. Darrera d'ell hi anava Dave, fent també tots els esforços possibles per a retenir el trineu, que Francesc estirava fins a fer-se petar els tendons. Per fi el glaç de la vora es trencà de cop, i l'única probabilitat de salvació era escalar la muralla de roques. Perrault aconseguí fer-ho per un miracle que Francesc implorà del cel; després afegiren les cordes i corretges del trineu i fins un tros dels guarniments per a fer una corda llarga, que serví per a hissar els gossos d'un a un al cim del rocam. Francesc fou l'últim de pujar, després del trineu i del seu carregament. De seguida calgué trobar un altre lloc apropiat per a la davallada, que s'efectuà també amb l'ajut de la corda; i la nit sorprengué aquells desgraciats a la vora del riu, a un quart de milla de llur sortida. Arribats a Hootalingua, lluitant contra la resistència del gel, Buck estava anorreat i els altres no estaven gaire millor. Però Perrault, inflexible, exigí, per a guanyar el temps perdut, un esforç més dels seus gossos de tir. Calia sortir aviat, i aturar-se tard. I el primer dia feren trenta-cinc milles fins al Big-Salmon: el segon, altres trenta-cinc milles vers Little-Salmon; i el tercer, trenta milles, amb la qual cosa arribaren ben a prop de Five-Fingers.

Les potes de Buck no estaven encara tan endurides i no eren tan resistents com les dels altres gossos: s'havien afeblit per efecte dels segles de civilització que pesaven damunt d'ell, i tot el dia frisava, sofrint horriblement. En aturar-se, es deixava caure com un mort, i malgrat la seva fam, no podia anar a cercar la seva ració, que li havia d'ésser portada per Francesc. Aquest, sentint pietat, havia pres el costum de fregar-li les potes cada mitja hora seguida després de sopar, i acabà per sacrificar un parell de sabates seves per a fer una mena de calçat per a les quatre potes de Buck. Això fou un gran alleujament, i la fesomia arrugada de Perrault un dia esdevingué joiosa veient Buck, al qual Francesc no havia pensat a posar les sabatones, tombar-se de panxa enlaire i bellugar desesperadament les quatre potes sense voler moure's. A la llarga les seves potes s'enduriren anant pels camins, i les sabates usades foren abandonades.

Essent a Pelly, un matí, en el moment d'enganxar, la gossa Dolly, fins aleshores molt tranquil·la, donà sobtadament senyals de ràbia. Anuncià el seu estat amb un llarg lladruc, tan ple de desesperació i angoixa, que tots els altres gossos s'eriçaren d'espant; després saltà sobre Buck. Aquest no havia vist mai cap cas de ràbia: no obstant, endevinà l'horrible malaltia i fugí corrents, mogut per un pànic esfereïdor. Corria de pressa, però la gossa, escumejant, el seguia de molt a prop, car Buck, malgrat el terror que li donava ales, no havia aconseguit prendre-li avantatge.

S'obrí pas a través de l'arbreda, fins a un extrem de l'illa; travessà un canal ple de glaç per a tocar terra en una altra illa, després passà a una altra, s'adreçà al riu principal, i, desesperat, anava a llançar-s'hi per a travessar-lo, puix que, sense veure-la, sentia la bèstia darrera seu. Francesc el cridà de molt lluny i aleshores retrocedí, panteixant, sufocat, mes ple de confiança en el seu amo. Aquest tenia una destral a la mà, i quan Buck passà per davant seu com un llamp, veié l'eina enfonsar-se en el crani de la bèstia rabiosa. Tambalejant, s'aturà prop del trineu, acabant l'alè i les forces. Aquest fou el moment escollit per Spitz per a saltar damunt seu; dues vegades les seves dents penetraren en la carn de l'enemic indefens, destrossant-la fins a l'os. Però el fuet de Francesc petà sobre el traïdor, i Buck tingué la satisfacció de veure-li sofrir un càstig dels més severs.

—Aquest Spitz és una encarnació del diable —féu Perrault—. Acabarà per matar-nos Buck, si no vigilem.

—Buck val ell tot sol dos diables —respongué Francesc—. El dia menys pensat, pots ben creure-ho, devorarà Spitz tot sencer per a tornar-lo a escopir damunt la neu.

Des d'aquell moment, en efecte, quedà declarada una guerra oberta entre els dos gossos. Spitz, com a cap de filera, director reconegut de la tragella, sentia disminuir la seva supremacia davant d'aquell animal tan diferent dels nombrosos gossos del Sud que havia conegut. Al revés d'aquests animals, delicats i febles, Buck suportava les privacions sense patir-ne, i rivalitzava en ferocitat i astúcia amb el gos del país. Ple de finor sota la fortalesa del seu cos, sabia esperar la seva hora amb una paciència digna dels temps primitius.

Buck desitjava provocar un conflicte sobre la direcció suprema, car per naturalesa volia dominar; a més, s'havia apoderat d'ell aquella passió incomprensible del tir, que fa tirar els gossos fins a l'últim alè, els porta a morir joiosament sota els guarniments i els fereix el cor si en són allunyats. Aquesta era la passió de Dave com a animal de vares, la de Sol·leck estirant amb totes les seves forces; passió que els agafava a la matinada i els transfigurava de bèsties tristes i grolleres en criatures ardents, vives i generoses. Era aquesta mateixa la passió que portava Spitz a corregir severament qualsevol falta en el servei, a educar a consciència els nous reclutes, i la que ensems li feia pressentir i combatre tota superioritat capaç de crear-li un rival.

Buck vingué a amenaçar descaradament l'autoritat de Spitz interposant-se entre ell i els que ell volia castigar. Una nit hi hagué una copiosa nevada i l'endemà al matí Pike no comparegué; restà arrupit en el seu forat sota un blanc matalàs. Francesc el cridà i el cercà inútilment. Spitz estava foll de ràbia. Resseguia el camp, ensumava i gratava pertot arreu, lladrant tan furiosament que el culpable tremolava d'espant en el seu amagatall.

Quan per fi fou descobert i desenterrat, i Spitz, exasperat, saltava damunt per a castigar-lo, Buck, igualment furiós, es llançà entre tots dos. Allò fou tan inesperat i tan destrament fet, que Spitz, sorprès, reculà. Pike, fins aleshores tremolós de por, recobrà el seu coratge, s'abraonà sobre el seu cap caigut, i Buck, oblidant la lleialtat, s'hi llançà també damunt per acabar amb ell. Però Francesc, defensor de la justícia, intervingué amb el seu fuet. Li calgué ser-

«Des d'aquell moment quedà declarada una guerra oberta entre els dos gossos.» (pàg. 37)

vir-se del bastó per a fer-li deixar el rival tombat a terra. Buck, estemordit pel cop, deixà el seu enemic i fou corregit sense pietat, mentre Spitz, per la seva banda, castigava rigorosament Pike.

En els dies que seguiren, i que anaven acostant-los a Dawson, Buck continuà interposant-se entre Spitz i els culpables: però, astut com era, ho feia sempre lluny de l'esguard de Francesc.

Aquesta secreta revolta encoratjava la insubordinació general, a la qual solament Dave i Sol·leck eren indiferents: tot eren disputes i lluites incessants; i Francesc, alarmat per aquest terrible duel que per força havia de produir-se, tard o d'hora, més d'una nit, despertat pel soroll de les batalles, hagué de deixar les pells que l'abrigaven per a intervenir en el combat. No es presentà l'ocasió propícia, i els enemics arribaren a Dawson sense haver dirimit llurs diferències. Allí hi trobaren molts homes i innombrables gossos, els quals, seguint el costum, treballaven de ferm. Tot el dia els vehicles tirats per gossos infatigables solcaven el carrer principal, i a la nit els picarols sonaven encara. Portaven carregament de fusta de construcció o de llenya per cremar, duien els productes de les mines d'or, realitzaven, en una paraula, tots els treballs executats pels cavalls a la vall de Santa Clara. Buck, de tant en tant, trobava gossos del Sud, però en general hi havia mestissos de llops i de gossos del país. Cada vetlla, a les nou, a mitja nit, a les tres de la matinada, aquells gossos entonaven un cant nocturn, estrany i fantàstic, al qual Buck se sentia feliç d'ajuntar-se. Quan l'aurora boreal lluïa freda i calmosa en el firmament, i sobre la glaçada els estels centellejaven, i la terra restava adormida i glaçada sota un llençol de neu, aquest cant tètric, lúgubre, tenia quelcom de poderosament suggestiu, que evocava imatges i remors antigues. Era la queixa immemorial de la vida, amb els seus terrors i els seus misteris, amb la seva eterna feina d'infantament i la seva perpètua angoixa de mort; lamentació vella com el món, gemec de la terra en el seu bressol; i Buck, associant-se a aquesta queixa, barrejant fraternalment la seva veu als sanglots dels gossos mig feres, saltava d'un bot a l'abisme dels segles i retornava als seus avis, tocant al mateix origen de les coses...

Set dies després d'entrar a Dawson, la caravana davallava pels pendents abruptes dels Barraks, sobre les riberes del Yukon, de retorn a Dyjea i Salt-Water. Perrault duia despatxos més importants encara que els primers; la passió de la ruta s'havia apoderat d'ell al seu torn, i aquell any volia batre el rècord dels viatges.

Les circumstàncies li eren favorables: el bagatge era lleuger, la setmana de repòs havia posat els gossos en bon estat, la ruta estava trepitjada per nombrosos viatgers, i, a més, la policia havia establert dos o tres dipòsits de provisions per als homes i els gossos. En la primera etapa arribaren a Sixty-Mille, la qual cosa representava un recorregut de seixanta milles, i el segon dia passaven el Yukon en la direcció de Pelly. Pero aquest trajecte ràpid no es realitzà sense maldecaps i disgustos per a Francesc. La revolta insidiosament fomentada per Buck havia destruït l'esperit de solidaritat en la tragella, la qual ja no marxava com un sol gos. L'encoratjament donat als rebels els portava a tota mena de malifetes. Spitz ja no era un cap temible, no inspirava respecte i la seva autoritat era discutida.

Pike, un vespre li robà la meitat d'un peix i se la menjà sota l'ull protector de Buck. Una altra nit, Dub i Joe es barallaren amb Spitz i li feren sofrir el càstig que ells mereixien en justícia; Billee, el pacífic, es tornà quasi agressiu, i Buck no mostrava pas tota la magnanimitat desitjable. Abusant de la seva força, insultava descaradament l'enemic que abans el feia tremolar, i es portava com un pinxo.

L'afebliment de la disciplina influïa també en les relacions dels altres gossos entre si. Tots es disputaven i es barallaven contínuament. Solament Dave i Sol·leck no canviaren, i sofriren els contracops d'aquelles lluites perpètues. Francesc renegava com un dimoni en la seva llengua bàrbara, pegava puntades de peu, s'arrencava els cabells de ràbia i feia petar constantment el fuet entremig de la canilla: tan aviat com havia girat l'esquena el desordre tornava a començar. Ell ajudava Spitz amb la seva autoritat, però Buck ajudava amb les seves dents els altres gossos. Francesc endevinava el que allò era en el fons, i Buck comprenia les sospites, però era massa llest per a deixar-se sorprendre. Treballava a consciència, puix que havia pres un gran amor als guarniments. Però experimentava una felicitat encara major excitant els seus companys i sembrant així el desordre en la filera.

A la desembocadura de la Tahkeena, una nit, després de sopar, Dub aixecà un conill i se li escapà. Immediatament tota la canilla emprengué la cacera. Cent metres més enllà, cinquanta gossos indígenes s'afegiren a la banda. El conill corregué cap al riu i es ficà en un rec, remuntant ràpidament la superfície glaçada; corria lleuger per damunt de la neu, mentre els gossos s'hi enfonsaven a cada pas. La forma superba de Buck es destacava al davant de la colla, sota la claror pàl·lida de la lluna; però, sempre al davant seu, saltava el conill, que semblava un espectre hivernal.

Els mateixos instints que, en períodes fixos fan sortir els homes cap als boscos i les planes per a matar la caça per mitjà de boletes de plom, vibraven en Buck; però molt més profundament. Agafar una bèstia salvatge, matar-la amb les seves pròpies dents i ficar el seu morro fins als ulls dintre la sang agra i calenta, tot això era per a ell un plaer intens, la quinta essència de la vida. Al cap de l'horda feia ressonar el crit de guerra del llop, esforçant-se per haver la forma blanca que fugia davant seu al clar de lluna.

Però Spitz, calculador metòdic, fins en els moments culminants de l'ardiment, abandonà la canilla i saltà pel dret a través d'una estreta llenca de terra que el rec tancava amb un llarg rodeig. Buck no se n'adonà, i quan estava a alguns metres del conill, veié sorgir una altra forma blanca que saltava des de dalt i li anava a prendre avantatge. El conill no pogué fugir i quan les dents esmolades de Spitz li destrossaren els ronyons, llançà un xiscle agut, com el d'una persona humana. La banda de gossos, al costat mateix de Buck, lladrà d'alegria en escoltar aquell senyal de mort.

Solament Buck restà silenciós i quiet, i sense deturar el seu impuls, s'abraonà sobre Spitz, espatlla contra espatlla, tan violentament, que tots dos rodaren alhora per damunt de la neu aixafada. Spitz, trobant-se dret més aviat, pegà a l'espatlla de Buck una mossegada i saltà més enllà. Dues vegades les seves dents es tancaren sobre d'ell com els ressorts d'acer d'una ratera; dues vegades reculà per a prendre avantatge i el seu llavi magre es retorçava, obrint una boca formidable. L'hora decisiva era arribada!

Mentre tombaven l'un entorn de l'altre, amb les orelles cap enrera, buscant el punt vulnerable, Buck tingué el record d'una escena que li era familiar, ja viscuda per ell. En coneixia tots els detalls: la terra i els arbres tots blancs; el clar de lluna i la mateixa batalla. Una calma fantàstica regnava sobre aquella pal·lidesa silenciosa. Res no es bellugava; l'alè dels gossos pujava verticalment mentre ells, amb els ulls brillants com centelles, envoltaven els dos combatents d'un cercle mut. Spitz era un adversari experimentat. Del Spitzberg al Canadà, havia combatut amb totes les menes de gossos, fent-se mestre en la lluita. El seu furor no era mai orb, car el desig violent de mossegar i de destrossar no li feia oblidar mai que el seu enemic tenia una passió igual que la seva. Mai no s'abraonava primer, i sols atacava després d'haver-se defensat. En va Buck provava de mossegar-lo; cada cop que les seves dents intentaven enfonsar-se en el coll del gos blanc, sentia les dents de Spitz. Els claus de l'animal xocaven, els seus llavis sagnaven; però Buck no podia arribar a sorprendre el seu enemic. S'enardí, i l'envoltà d'un remolí d'escomeses; però Spitz sempre responia amb una mossegada i saltava de costat. Buck féu aleshores acció de llançar-se sobre el seu adversari a l'alçada del morro; després, retirant ràpidament el cap, se serví de la seva espatlla com d'alçaprem per a batre l'adversari, cosa que li valgué una altra terrible mossegada, mentre Spitz saltava àgilment més enllà, sense cap ferida, enfront de Buck, esbufegant i regalimant de sang.

La batalla s'apropava al desenllaç; i el cercle de gossos-llops esperava el resultat per a acabar amb el vençut. Veient Buck sense alè, Spitz prengué l'ofensiva, l'escometé una vegada i una altra, i el féu tambalejar sobre les seves potes. Fins caigué, i els seixanta gossos avançaren; però amb la rapidesa d'un llampec es redreçà terrible, i el cercle famolenc hagué de resignar-se a esperar. Buck tenia imaginació, qualitat que pot doblar la força. Tot combatent, el seu cervell treballava. Es llançà damunt del seu enemic com si anés a mossegar-li l'espatlla, i tocant per últim a terra, les seves dents es clavaren sobre la pota dreta de Spitz; se sentí petar l'os; no obstant, malgrat la ferida, el gos blanc aconseguí rebutjar diferents atacs de Buck. Aquest repetí la seva tàctica i li trencà l'altra pota del davant. Reduït a la impotència, Spitz s'esforçava a lluitar contra el seu dolor i a tenir-se dret. Veia el cercle silenciós, amb els ulls brillants, amb les llengües penjant, estrenyent-se lentament al seu entorn, tal com havia vist altres fer-ho entorn de les seves víctimes. Ell ja sabia que estava perdut irremissiblement, car Buck seria inexorable.

L'assalt final no podia trigar gaire; el cercle dels gossos-llops s'estrenyé tant que llurs alès calents bufaven sobre els flancs dels combatents. Buck els veia darrera de Spitz i al seu costat, amb els ulls fixos en ell, a punt de saltar. Hi hagué un instant d'espera; cada animal restava immòbil i mut com una figura de pedra. Solament Spitz, tremolant i tambalejant, lladrava com si volgués allunyar la mort que se li acostava. Després Buck pegà un bot i saltà de costat, fent caure amb les seves espatlles l'enemic. El cercle, estrenyent-se, es convertí en un punt fosc sobre la neu d'argent del clar de lluna, i Spitz desaparegué arrossegat per l'horda famolenca, mentre Buck, que restava dret, contemplava l'escena... Bèstia primitiva que, havent matat, fruïa de la mort per ell donada!

IV. BUCK PREN EL CABDILLATGE

—Eh?... Què és el que t'havia predit? No t'ho havia dit que Buck valia per dos diables?

Així parlà Francesc quan, el matí següent, havent comprovat la desaparició de Spitz, cridà Buck a prop del foc per a comptar-li les ferides.

—Aquest Spitz ha lluitat com un dimoni —digué Perrault, examinant-li les nombroses ferides mig obertes.

—I aquest Buck com l'infern enter —contestà Francesc—. Ara anirem bé... Fora Spitz, fora dificultats!

Mentre Perrault embalava els efectes del campament i carregava el trineu, Francesc enganxava els gossos. Buck es posà al lloc que ocupava Spitz com a cap de filera, però Francesc, sense fer-ne cas, collocà en aquell lloc tan desitjat Sol·leck, que considerava més apte per a ocupar-lo. Buck, furiós, saltà sobre el «Mal Content», el tragué del lloc i s'hi posà ell.

—He, he —féu Francesc, pegant-se alegrement a la cuixa—. Mireu aquest Buck! Ha mort Spitz, i ara es creu que ha d'ésser ell el cap... Fuig! Fora d'aquí!...

Però Buck no volgué moure's. Francesc agafà el gos per la pell del coll, malgrat els seus roncs amenaçadors, l'apartà i hi col·locà novament Sol·leck. Això no agradà gens al vell gos, aterroritzat per l'actitud amenaçadora de Buck. Francesc s'entossudí a sortir amb la seva, però tan aviat com hagué girat l'esquena, Buck tragué Sol·leck, que no posà cap dificultat a anar-se'n. Francesc s'enfurismà.

—Espera't una mica, que t'ho explicaré —cridà, tornant armat amb un bastó.

Buck, recordant-se de l'home de la samarreta vermella, reculà a poc a poc, i no insistí quan, per tercera vegada, Sol·leck fou col·locat al lloc d'honor; però roncant d'ira, es posà a donar tombs entorn del trineu, fora de l'abast del bastó i disposat a evitar el cop si Francesc l'hi hagués llançat. Un cop Sol·leck enganxat, el conductor cridà Buck per a posarlo en el seu lloc ordinari, davant de Dave: Buck reculà dues o tres passes, Francesc el seguí i ell continuà reculant. Després d'alguns minuts passats així, Francesc deixà el seu bastó, pensant que el gos temia els cops. Però Buck estava en plena revolució. El que ell buscava no era solament evitar una correcció; volia la direcció de la tragella, que ell creia haver-se guanyat i que li pertocava de dret.

Perrault hi intervingué; els dos homes estigueren prop de mitja hora envestint Buck, tirant-li bastons que ell defugia destrament. Fou maleït, i ho foren també el seu pare i la seva mare i totes les generacions que l'havien precedit fins a la fi dels segles; però ell contestava els anatemes amb lladrucs i roncs, i sempre s'escapava. No tractava de fugir, i voltava entorn del camp, per indicar que no volia deixar-los de cap manera, i que un cop el seu desig satisfet, faria bondat.

Francesc s'assegué i es gratà el cap. Perrault mirà el seu rellotge repetidament, es posà a jurar i a renegar: passava el temps, i ja s'havia perdut una hora. Francesc s'estirà els cabells, brandà el cap i féu un mig riure llastimós tot mirant el correu, que arronsà les espatlles com per a confirmar la desfeta.

Francesc s'atansà a Sol·leck i cridà Buck; aquest rigué de la manera que saben riure els gossos, però conservà les distàncies. Francesc desféu els tirants de Sol·leck i el posà al seu lloc de costum. La tragella a punt de marxar formava una línia completa, llevat del lloc del davant, que esperava Buck. Altra vegada Francesc el cridà, i altra vegada Buck es mostrà amable, però no s'atansà.

—Llança el bastó! —ordenà Perrault.

Francesc obeí, i Buck trotà cap a ell cofoi i gloriós, col·locant-se ell mateix al davant de la tragella. Un cop enganxat, els dos homes es posaren a caminar a bon pas i tots plegats es dirigiren cap al riu glaçat. Abans de finar el dia, Buck havia provat que era digne del lloc tan orgullosament reivindicat.

De primer antuvi, Buck havia adquirit l'autoritat d'un cabdill; i en les circumstàncies en què es necessitava seny, o una reflexió prompta, o una acció més ràpida, es mostrà superior a Spitz, del qual Francesc no havia vist mai un parió.

Buck era excel·lent per a imposar la llei i fer-la respectar dels seus companys. El canvi de cap no torbà Dave ni Sol·leck: llur únic pensament era tirar amb totes les seves forces, i tota la vida.

I com que res no vingué a impedir-los-ho, no demanaven altra cosa; si el plàcid Billee hagués estat posat al davant, també l'haurien acceptat si hagués conservat l'ordre. Però els altres gossos, indisciplinats en els darrers dies de Spitz, quedaren molt sorpresos quan Buck es prengué com un deure el fer-los sentir la seva autoritat. Pike, que anava darrera seu, i que mai no feia una gota de força més de la que calia, fou tan enèrgicament reprès per la seva falta de zel, que abans de la fi del primer dia estirava més fort que mai no ho havia fet. Joe el murri, per haver provat de desobeir, aprengué a conèixer el cabdill aquell mateix dia.

La tàctica de Buck era senzilla i eficaç. Gràcies al seu pes superior, es posava damunt del seu company, l'ajupia i el mossegava fins que demanava perdó gemegant. El to general de la tragella s'aixecà tot seguit; formà el mateix bon conjunt i els gossos tiraren novament com un sol gos. Als Rinks, dos gossos del país: Teck i Koona, foren afegits a la canilla, i la promptitud amb què Buck els educà deixà estupefacte Francesc.

—Mai no hi ha hagut un gos com Buck. No, mai! Tant val mil dòlars com qualsevol preu. Oi, Perrault?

Perrault féu que sí. No solament havia guanyat el temps perdut, sinó que havia pres avantatge sobre el darrer rècord. El camí, en excel·lents condicions, estava ben trepitjat i endurit, no hi havia neu novament caiguda que entrebanqués la marxa. El fred no era massa viu; el termòmetre se sostingué a 50 graus sota zero durant tot el viatge. Homes i gossos marxaven fàcilment.

El riu de Thirty-Mille estava quasi glaçat, la qual cosa els permeté, de retorn, fer en una sola jornada el trajecte que abans els n'havia fet perdre deu. D'una sola correguda feren les seixanta milles que van del peu del llac Le Barge a White-Horse; i arribats que foren a la regió de Marsh, Tagish i Bennet, els gossos agafaren una envestida tan vertiginosa que aquell dels dos homes a qui per torn tocava anar a peu, hagué de fer-se remolcar, amb una corda lligada al darrera del trineu. La darrera nit de la segona setmana aconseguiren el cim de White-Pas; els viatgers davallaren el pendent fins a la mar, tenint als peus els llums de Skagway i els navilis de la cala. En catorze dies havien fet una jornada de quaranta milles per terme mitjà! Perrault i Francesc se'n vanaren tres dies seguits al gran carrer de Skagway, i foren convidats a beure per tothom, mentre la tragella estava rodejada d'una gentada que l'admirava; constituïren el tema de major interès públic, fins que tres o quatre ganàpies de l'Oest intentaren realitzar un furt a la ciutat, i l'interès de la gent canvià d'objecte. Després vingueren ordres oficials. Francesc cridà Buck prop seu, i l'abraçà plorant; aquesta fou l'última entrevista; Francesc i Perrault, com tants d'altres, passaren per sempre més fora de la vida de Buck.

Ell i els seus companys foren aleshores lliurats a un mestís escocès, i en companyia d'una dotzena d'altres tragelles reprengueren la penosa ruta de Dawson. Ara no es tractava de fer una cursa folla, de batre el rècord, com amb l'intrèpid Perrault. Feien el servei de postes, passant sempre pel mateix camí, portant eternament la mateixa càrrega. Aquest ofici no agradava tant a Buck; no obstant, posava el seu orgull a fer-lo bé, com Dave o Sol·leck, i procurava que els seus companys, contents o no, complissin igualment.

Aquella era una vida monòtona i reglamentària com el moviment d'una màquina. Els dies s'assemblaven tots. Al matí, a una hora fixa, els cuiners apareixien, encenien foc, i s'esmorzava. Després, mentre els uns s'ocupaven d'aixecar el camp, els altres enganxaven els gossos, i la sortida es feia una hora abans de la mitja fosca que anuncia l'arribada. Al vespre, es parava el camp, els uns preparaven les tendes, els altres tallaven llenya i ramatge d'avets per a fer els llits, o duien aigua i gel per a la cuina. Aleshores es donava menjar als gossos, cosa que era per a ells el fet principal de la jornada; un cop s'havien menjat el peix, anaven a voltar pel camp durant una hora o dues, fent-se amics dels altres gossos, que generalment eren en nombre d'un centenar. Entre aquests hi havia ferotges lluitadors; però tres victòries guanyades contra els més temibles donaren a Buck la supremacia, i quan aquest s'estarrufava i ensenyava les dents tots fugien.

El seu plaer més gran era jeure prop del foc, amb les potes del davant estirades i les del darrera amagades sota seu, amb el cap alt i mirant de reüll la flama. Buck, en aquells moments, de vegades pensava en la casa del jutge Miller, a la vall assolellada;

en la piscina del reservat de bany; en Isabel, el gos mexicà sense pel, i el japonès Toots; però es recordava més sovint de l'home de la samarreta vermella, de la gran batalla amb Spitz i de les coses bones que havia menjat o que li agradaria menjar. No s'enyorava; el Sud li havia esdevingut imprecís i llunyà. Era força més potent en ell la influència hereditària que s'anava afermant més cada dia, presentant-li com a familiars coses que mai no havia vist, cridant imperiosament cap enfora els instints primitius que dormien en el fons del seu ésser.

De vegades, guaitant el llengoteig de les flames, immòbil, però no adormit, li semblava que abans ja havia vetllat prop d'un altre home tot diferent del mestís escocès: aquell home cobert de pells, amb els cabells llargs, que proferia crits inintel·ligibles tot escrutant la foscor amb inquieta mirada. Després Buck cedia a la necessitat de repòs i li semblava que encara protegia la dormida d'aquell home arrupit a la vora del foc, amb el cap damunt dels genolls, contra les bèsties ferotges, els ulls de les quals veia lluir en la nit. Aquestes visions s'esvaïen quan la veu brutal del mestís el cridava, i Buck s'alçava i badallava per a fingir que havia dormit.

El comboi de les postes, treball que aixafava els gossos, els havia posat en estat deplorable quan arribaren a Dawson. Allà els hauria calgut un repòs de deu dies, o almenys d'una setmana. Però dos dies després, carregada de cartes per a fora, la caravana tornava a baixar pels pendents de Yukon.

Els gossos estaven fatigats, els conductors eren reganyosos, i per més mala sort, cada dia nevava, cosa que feia el camí més difícil i més relliscosos els patins, i imposava als gossos un esforç major, malgrat les atencions que els prodigaven els homes. Al vespre, les bèsties eren ateses primer que ningú, menjaven abans que els homes, i cap conductor no se n'anava a dormir abans d'haver examinat i guarit les

«La caravana tornava a baixar pels pendents de Yukon.»
(pàg. 52)

potes de la seva tragella; però totes aquestes precaucions no impedien que llurs forces minvessin.

Des del començament de l'hivern, estirant pesats trineus, els gossos havien fet més de mil vuit-centes milles, i aquest treball forçat hauria rendit el més vigorós. Buck resistia, malgrat la fatiga, i procurava sostenir la disciplina entre els seus companys, que havien acabat les forces. Billee gemegava tota la nit mentre dormia; Joe era de pitjor caràcter que mai, i Sol·leck esdevenia intractable. Dave sofria més que els altres, ferit per una malaltia interna que el feia malencònic i irritable. Tan bon punt havien establert el camp, s'apressava a cavar el seu forat en la neu, i el seu conductor li havia de portar allí el menjar. Un cop fora dels guarniments, no es movia més que per a tornar-hi l'endemà al matí. El dolor el feia cridar, si tot tirant rebia alguna topada, per efecte d'haver parat bruscament o per haver fet un esforç en arrencar el trineu. El seu amo l'examinà, sense que pogués trobar-li la causa del seu estat. En parlaven a les hores de menjar, ho discutien tot fumant les últimes pipades del vespre, i per fi tingueren una consulta sobre el seu cas. Dave fou portat a la vora del foc, i es posaren a palpar-lo i a resseguir-lo fins a arrencar-li crits aguts. No trobaren res trencat, però segurament existia un desordre intern impossible de descobrir. Quan estaven per arribar a Cassiar-Bar, el desgraciat gos estava tan feble que caigué diverses vegades entre els tirants. El mestís féu deturar el comboi i el separà de la tragella, per a posar Sol·leck a les vares a fi de deixar reposar Dave tot caminant pel camí traçat pels vehicles. Però aquest, malgrat la feblesa, furiós de veure's tret de la tragella, mentre li deslligaven els tirants roncà i es posà a lladrar llastimosament en veure Sol·leck al lloc que ell havia ocupat tant de temps amb honor. La passió del tir i de la ruta el corprenia, i mortalment malalt, no volia que un altre gos prengués el lloc seu.

Quan el trineu arrencà, Dave es llançà, donant ensopegades, sobre la neu que vorejava el camí, volgué mossegar Sol·leck, es tirà contra ell per a fer-lo rodar per la neu i s'esforçà a posar-se prop del trineu, plorant de pena i de dolor alhora. El mestís intentà treure'l d'allí amb el fuet, però el gos restava insensible a les fuetades, i l'home no es veié amb cor de pegar-li fort. Dave es negà a marxar darrera del trineu, pel camí fàcil, i entossudint-se a córrer pels costats que la neu tova feia més penosos, acabà de rebentar-se. Caigué i es quedà en el mateix lloc, lladrant lúgubrement, mentre la llarga filera de vehicles li passava al davant.

Amb un suprem esforç aconseguí, no obstant, aixecar-se i seguir-los tentinejant fins que vingué una parada que li permeté aconseguir el trineu i posar-se novament al costat de Sol·leck. El conductor, havent-se deturat per a demanar foc a un company i encendre la pipa, en tornar volgué fer marxar altre cop els gossos. Aquests arrencaren amb una facilitat remarcable i giraren el cap, deturant-se tot sorpresos. L'home quedà igualment sorprès: el trineu no s'havia mogut. Aleshores cridà els altres per a fer-los-hi veure que Dave havia rosegat els dos tirants de Sol·leck i s'estava davant del trineu, en el seu lloc habitual; els seus ulls imploraven la permissió de restar-hi. L'escocès no sabia què fer: al seu entorn li repetien que un gos podia ben bé morir de pena en ésser-li negat el treball que l'havia esgotat: cadascú citava casos de gossos ferits o massa vells per tirar, reduïts a la desesperació; tots afegien que era caritatiu, Dave estant segurament prop de la mort, donar-li la joia d'acabar els seus dies sota els guarniments.

Fou, doncs, enganxat altre cop, i s'esforçà a tirar com abans; mes el seu dolor intern li arrencava crits involuntaris; caigué repetides vegades, i aguantat pels tirants, rebia l'empenta del trineu, la qual cosa el feia coixejar. Però arribà fins al camp, on el seu conductor li aparià un lloc a la vora del foc. L'endemà al matí estava massa feble per a marxar. A l'hora d'enganxar, aconseguí posar-se dret per mitjà d'esforços convulsius, però tambalejà i caigué novament, paralitzat de la part del darrera. Arrossegant-se, intentà ajuntar-se amb els seus companys, als quals els eren col·locats els guarniments, i així avançà alguns metres. Després, les forces l'abandonaren del tot; i quan els seus companys el veieren per última vegada, Dave estava estès damunt la neu, panteixant, volent encara seguir-los. Quan l'arbreda els el tapà i els el féu perdre de vista, se'l sentí lladrar tristament.

Aleshores el comboi va deturar-se. El mestís escocès retrocedí lentament fins al camp que acabaven de deixar. Els homes deixaren de parlar. Se sentí un tret de revòlver. El conductor tornà de pressa. Les xurriaques petaren, els picarols sonaren alegrement, els trineus lliscaren sobre la neu; però Buck i els altres gossos sabien el que darrera els arbres de la ribera havia esdevingut.

V. LES FATIGUES DELS GUARNIMENTS I DE LA RUTA

Trenta dies després d'haver sortit de Dawson, el correu de Salt-Water entrava a Skagway. Els gossos estaven en un estat llastimós, arrossegant les potes i rebentats. Buck havia perdut trenta-cinc lliures de pes i els seus companys havien patit més encara. Pike, que en la seva vida molt sovint havia fingit que estava ferit a la pota, aquesta vegada ho estava de debò. Sol·leck coixejava i Dub estava espatllat; havien perdut l'energia i tota l'empenta, i llurs potes fetes malbé s'enfonsaven pesadament en la neu. No es tractava d'aquesta lassitud extrema que produeix un esforç curt i violent i que desapareix amb unes quantes hores de repòs, sinó de depressió completa deguda a la feina excessiva i massa prolongada. En menys de cinc mesos, la tragella havia fet dues mil cinc-centes milles i durant les vuit-centes últimes no havia tingut més que cinc dies de repòs. A llur arribada a Skagway, els gossos amb prou feines podien aguantar els tirants del trineu o evitar que els fessin caure els de davant en les baixades.

—Amunt, pobres amics meus! —els deia el conductor per a encoratjar-los—. Ja som a la fi. Aquesta vegada reposarem de debò.

Els gossos, i també els homes, certament, s'havien ben guanyat llur repòs, car en aquest viatge de mil dues-centes milles no s'havien deturat més que dos dies. Però l'èxode vers el Klondyke havia estat tan considerable que les cartes dirigides als minaires formaven muntanyes, i el govern no admetia cap excusa: calia arribar a temps, encara que calgués substituir les tragelles rebentades per noves tragelles de gossos de la badia de Hudson.

Fins tres dies després de l'arribada a Skagway, Buck i els seus companys no començaren a reposar una mica de llurs fatigues. Al matí del quart dia, dos ciutadans dels Estats Units, que responien respectivament als noms de Hal i de Carles, examinaren la tragella i la compraren per un tres i no res, amb guarniments i tot.

Carles era un home de mitja edat, de cabells rossos, d'ulls molls i llagrimosos, de boca tova i sense caràcter, ornada d'un bigoti atrevidament recargolat. Hal era un xicot de dinou o vint anys; sempre se'l veia armat amb un revòlver Colt i un ganivet de caça, passats pel cinturó ple de cartutxs.

La presència al Nord d'aquells dos homes evidentment exòtics era un misteri incomprensible. Buck, havent-los vist lliurar diners a l'agent del govern, endevinà de seguida que el mestís i els seus companys anaven a desaparèixer de la seva vida, com Perrault, Francesc i tants d'altres. Conduït amb els seus companys a casa dels nous propietaris, veié un camp desolat on es movia, davant d'una tenda, amb prou feines clavada a terra, una dona jove de cabells embullats, germana de Hal i muller de Carles, que es deia Mercè.

Buck mirà amb aprensió com els seus nous amos carregaren el trineu; tots tres es bellugaven molt, però procedien sense destresa. La tenda, plegada en un paquet mal enrotllat, que feia molta nosa; els plats d'estany, que estaven escampats per terra, foren embalats sense rentar. Mercè, tot volent-los ajudar i aconsellar, destorbava els moviments dels homes. Cap paquet no estava col·locat a gust seu, i calia constantment tornar a obrir els sacs per a posar-hi objectes oblidats.

«BUCK MIRÀ AMB APRENSIÓ COM ELS SEUS NOUS AMOS CARREGAREN EL TRINEU.» (pàg. 58)

Tres homes, sortits d'una tenda veïna, els guaitaven treballar mormolejant.

—Porteu massa càrrega —digué un d'ells—. Jo no us vull donar consells, certament, però en el vostre lloc, no prendria pas aquesta tenda.

—Què dieu? —exclamà Mercè, alarmada—. Deixar la tenda?... I com passaria la nit, jo?

—Ja som a la primavera i el fred ja és acabat —replicà l'home.

Però la dona rebutjà amb indignació la idea de dormir sota els estels.

Mentrestant, Carles i Hal acabaven de col·locar els paquets al cim d'una veritable muntanya de trastos.

—Voleu dir que això s'aguantarà? —féu un dels espectadors.

—Per què no? —preguntà Carles, secament.

—Oh! bé, bé —digué el seu interlocutor—. Jo només en dubto, això és tot; perquè em sembla massa pesant.

Però Carles li donà l'esquena i es posà a lligar amb força mala traça les corretges del trineu.

—Els gossos no patiran pas gens per caminar un dia sencer amb aquest embalum darrera d'ells —afirmà el segon dels assistents amb veu sarcàstica.

—Ben cert —respongué fredament Hal.

I prenent la barra del trineu amb una mà i amb l'altra el seu fuet, cridà:

—Som-hi! Arri! Endavant!

Els gossos tirant amb totes les seves forces, ajustant contra els seus pits les corretges intentaren d'avançar; però no pogueren, impotents per a fer moure un centímetre el trineu.

—Ah! gossos més que ganduls! Seré jo qui us farà caminar! —cridà Hal furiós fent espetegar el seu fuet.

Però Mercè s'interposà entre ell i els gossos i li arrancà el fuet de les mans.

—Jo no vull pas que els peguis! —cridà amb un to infantívol—. Els meus pobres estimats!... Els meus estimats petits!... Hal, cal que em prometis que no faràs servir el fuet durant tot el viatge, perquè si no jo em quedo...

—Oh i tant! Com es veu que enteneu en gossos —féu el seu germà amb ironia—. Em voleu deixar tranquil, si us plau? Jo us dic que són ganduls i que cal omplir-los de cops si volem aconseguir alguna cosa. És l'únic mitjà; tot el món us ho dirà. Pregunteu-ho a aquests homes.

Però Mercè, amb la seva expressió emmurriada, expressà la viva repugnància que l'inspiraven aquests procediments tan grollers.

—Voleu que us ho digui? —digué un dels homes—. Aquests animals estan febles per a aguantar-se drets. Estan exhausts. El que els cal és un bon repòs.

—Al diable el repòs! —féu Hal amb malhumor.

Però Mercè fent costat als seus digué al seu germà:

—Deixeu-los dir; no els feu cas. Us pertoca a vós de guiar els vostres animals com ho cregueu —cridà ella amb un cert aire.

El fuet de Hal caigué de nou sobre els gossos; aquests estiraren amb totes les seves forces les corretges, enfonsaren els seus peus a la neu i desprengueren tota l'energia que els quedava; però el trineu semblava ancorat al sòl glaçat.

Després de moltes temptatives inútils, la tragella es parà bruscament, anhelant; el fuet espetegà sense parar, i Mercè jutjà que era el moment d'intervenir de nou: s'agenollà davant Buck i amb llàgrimes als ulls li passà el braç pel coll, procediment massa familiar que Buck no li plagué pas.

—Oh! El meu pobre estimat! —li digué amb un graciós desconsol—, per què no voleu tirar? No sigueu pas dolents! I així no us pegaran més!

Un dels espectadors que fins aquell moment havia callat per a no expressar veritablement la seva opinió, prengué la paraula:

—No em vull pas ficar en allò que decidiu —digué— però, pels gossos, puc dir-vos que els seria millor que desenganxéssiu de terra el trineu. Els patins estan completament glaçats. Feu força sobre el trineu, a dreta i esquerra, i el glaç cedirà.

Hal es dignà seguir el consell i els gossos sota una pluja de cops, feren un esforç heroic; els patins lliscaren sobre el sòl i el trineu sobrecarregat arrancà sobtadament.

Però al cap de cent metres el camí feia un revolt que anava a parar al carrer principal per una baixada molt recta. Per a mantenir en equilibri una massa tan pesada hauria calgut un conductor més experimentat que Hal. El trineu tombà com era d'esperar, però els gossos irritats pels cops no varen parar. Buck prengué al galop, seguit de tots els seus companys i el trineu alleugerit de pes els seguí rebotant tombat sobre un costat.

Hal, furiós, s'esgargamellava vanament cridant: cap dels gossos no escoltava. El seu peu s'enredà entre les tirandes, caigué a terra i tota la tragella li passà sobre el cos. Els gossos continuaren la seva cursa sembrant la resta del seu carregament pel carrer i provocant el riure general de Skagway.

Ciutadans compassius pararen finalment la tragella embalada i recolliren els objectes escampats, tot donant consells als viatgers. Calia reduir els paquets i augmentar el nombre de gossos.

Hal, la seva germana i el seu cunyat, escoltant-los de mal grat, decidiren finalment a ajornar la seva partida i a revisar el seu equip, amb gran alegria dels espectadors.

—Teniu aquí mantes per a posar un hotel —els deia un—. Deixeu-ne tres quartes parts i encara en tindreu massa... I tots aquests plats que mai no seran rentats!... Mare de Déu! Us afigureu que viatgeu en un vagó de primera!

Mercè es posà a plorar quan li calgué triar els vestits que es podia emportar. Protestà que no faria un pas si havia de desprendre's de la seva roba. Però irritada per les riallades dels espectadors, acabà, malgrat ella mateixa, per rebutjar fins i tot els vestits indispensables, i no solament els seus sinó també els dels altres.

Quan s'acabà el triatge, malgrat la multitud d'objectes separats, els bagatges encara formaven un embalum impressionant.

Carles i Hal es decidiren a adquirir sis gossos de reforç que junt amb els de la tragella primitiva, augmentada en dos gossos indígenes, Teek i Koona, comprats als Ràpids, formà un conjunt de catorze bèsties. Però els gossos nous, no entrenats encara, no servien per a gran cosa. Hi havien tres *pointers* de pèl curt, un terranova, i dos mestissos de raça poc definida que cap d'ells no semblava saber gran cosa.

Buck, que els considerava amb menyspreu, no aconseguí fer-los aprendre el seu ofici; semblaven estúpids i deprimits pels maltractes. Els mestissos no tenien cap mena de voluntat; els seus ossos semblaven les úniques parts resistents dels seus cossos.

No calia esperar res de bo dels nou vinguts afegits a una tragella fatigada per dues mil cinc-centes milles de viatge ininterromput. Tanmateix, els dos homes es mostraven prou confiats i s'enorgullien dels seus catorze gossos, perquè hom veia partir els trineus cap a Dawson o tornar-ne, però cap amb un equip tan considerable.

Si haguessin conegut el que és un viatge àrtic, haurien comprès que un sol trineu no pot portar el menjar suficient per un nombre semblant d'animals i que calia saber reduir-los. Però com que havien fet complicats càlculs per a equilibrar el pes de les racions en raó de la durada probable del viatge, estaven ben convençuts de reeixir. L'endemà a mig matí, finalment, la llarga tragella es posà en marxa.

Els animals no mostraven cap mena d'interès. Buck, que recomençava per cinquena vegada el viatge a Dawson, sentia que el cor li fallava. Les noves bèsties eren tímides i porugues i les antigues no tenien cap mena de confiança en els seus amos. Efectivament aquests ho ignoraven tot del seu ofici i a mesura que passaven els dies es pot assegurar que res no aprenien. Negligents i desordenats, sense disciplina, els calia mitja nit per a muntar el seu campament i encara tot al revés; la part més gran del matí se la passaven per a desmuntar el campament i carregar el trineu, amb tan poca habilitat que calia parar-se tot sovint per tal de reajustar els bagatges i les cordes. Alguns dies tot just feien deu milles. D'altres vegades ni arribaven a posar-se en camí.

I com que no aconseguiren de fer la meitat de la distància sobre la qual havien basat els seus càlculs per a les provisions, els queviures mancarien fatalment abans de l'acabament del viatge.

Aquest fet s'avançà encara més per la fallada de Hal; veient que als gossos els faltava la força cregué que això era degut que la ració de menjar era massa petita i la doblà. (Encara més, Mercè robava tots els dies una mica de peix dels sacs per a donar-lo a algun dels seus gossos favorits.) Els gossos nous, l'estómac dels quals no demanava una alimentació abundant, habituats com estaven a un dejuni crònic, demostraren una gran voracitat; els altres manifestaren bona gana. El fet és que al cap d'uns quants dies, la fam amenaçà.

Hal s'adonà que havien fet una quarta part del viatge i que més de la meitat de les provisions havien desaparegut; i, en la impossibilitat absoluta de procurar-se'n de noves, decidí sobtadament rebaixar la ració diària i manifestà que, a més, caldria allargar les hores de camí.

Els seus companys en principi ho aprovaren. Però com que es negaven a fer res per a ajudar-lo, el projecte se n'anà a l'aigua.

Res no era tan fàcil com privar els gossos de menjar. ¿Però com fer-los avançar més ràpidament quan ni una sola vegada els mateixos viatgers no havien aconseguit marxar un minut abans del que tenien costum?

Els sofriments de les bèsties esdevingueren cruels. Dub fou el primer de desaparèixer, pobre gos maldestre, sempre castigat, que tothora s'havia mostrat servidor fidel. La ferida que s'havia fet a l'omòplat, descurada, s'inflamà, i Hal hagué de decidir-se a matar-lo amb el seu revòlver. El terranova morí de seguida; després, els tres *pointers*; els dos gossos mestissos resistiren una mica més, però acabaren també per sucumbir.

I els viatgers, agrejats per l'infortuni, perdien a poc a poc tota ombra d'amabilitat o de dolçor. El viatge àrtic, despullat del seu encís imaginari, esdevenia una massa rude realitat. Els mancava totalment la meravellosa paciència pròpia dels homes d'aquells climes, els quals, tot patint durament, sabien restar compassius, dolços i humils de cor. Mercè deixà de plànyer els gossos, per a plorar les pròpies penes i per a barallar-se amb el seu germà i amb el seu marit, els quals gaudien amb ella sempre que els en donava ocasió. Cadascú creia bonament afanyar-se més que els altres, i no perdia cap ocasió de glorificar-se en veu alta.

Mercè tenia un greuge personal; bonica, seductora i delicada, s'havia vist tota la seva vida tractada amb dolçor i indulgència. Però aleshores el seu marit i el seu germà, exasperats per la seva droperia i la seva incúria, es mostraven esquerps i grollers envers ella. De manera que, dedicada tota compassió a la seva pròpia sort, perdé la compassió que tenia per als gossos, i sentint-se lassa i encorbada, s'entossudia a restar sobre el trineu, afegint cent vint lliures al pes formidable del carregament.

Quan les desgraciades bèsties queien de fatiga entre els tirants, Carles i Hal li pregaven que baixés; però ella no responia a llurs raonaments més que amb llàgrimes, prenent el cel per testimoni de la seva crueltat.

Un dia la tragueren del trineu a viva força i la deixaren a terra; ella s'assegué damunt la neu i es negà a moure's. Ells feren acció de seguir caminant, però es veieren obligats, tres milles més enllà, a descarregar el vehicle per a tornar a prendre-la i pujar-la dalt del trineu. Mai més no repetiren la prova.

D'altra banda, llur pròpia misèria feia aquells desgraciats insensibles als sofriments de llurs bèsties.

Als Five-Fingers es trobaren que les provisions dels gossos estaven definitivament esgotades; obtingueren d'una vella índia algunes lliures de cuir de cavall gelat, baratant-les amb el revòlver que lluïa a la cintura de Hal, fent companyia fidelment al gran ganivet de caça. Però fou un menjar pobre i indigest, el d'aquell cuir arrencat feia sis mesos de la carcassa d'un animal mort de fam.

Buck, al davant de la tragella, creia que allò era un mal somni. Estirava tant com podia, i quan les seves forces s'acabaven es dèixava caure a terra i no s'aixecava més que sota una pluja de fuetades o de bastonades. El seu pèl bellíssim havia perdut tot el llustre i tota la finor, la pell li penjava en plecs buits i lamentables.

Els seus companys, en el mateix estat, eren esquelets ambulants, reduïts al nombre de set, insensibles a la coïssor del fuet i a les contusions del bastó. En les parades, es deixaven caure entre els tirants, com morts, i la petita guspira de vida que encara tremolava en ells es tornava pàl·lida i semblava pròxima a apagar-se. Es revifava mitjançant el bastó i el fuet:

els desgraciats gossos s'alçaven aleshores fent tentines, per a arrossegar-se fins una mica més lluny.

Billee, el bondadós, un dia caigué per a no aixecar-se mai més: havent baratat Hal el seu revòlver hagué d'agafar la seva destral per a rematar-lo d'un cop al cap; després desféu els tirants i deixà de banda la carcassa.

I Buck i els seus companys, veient això, comprengueren que els afectava de prop.

L'endemà fou Kooma el que amb la seva mort reduí encara més la tragella. Els cinc supervivents eren Joe, massa aixafat per a mostrar-se murri; Pike, esguerrat i coix, sense forces ni per a queixar-se; Solleck, borni, fidel al treball del tir, amb el cor trencat de sentir-se feble i impotent; Teck; i Buck, que ja no era ni l'ombra d'ell mateix. Conservava el seu lloc al cap de la tragella, però havia renunciat a mantenir-hi la disciplina; encegat per la fatiga, no tenia altra direcció que la sensació del sòl sota les potes.

La primavera començava, però ni els homes ni els gossos no se n'adonaven. Clarejava el dia a les tres de la matinada, i el capvespre durava fins a les nou de la nit. La jornada era tota un raig de sol. El son de l'hivern havia fet lloc al murmuri primaveral de la naturalesa, tremolós de la joia de viure. La saba pujava pels pins, mentre esclataven els botons dels saücs i dels àlbers, i els arbustos i les lianes es cobrien d'una verdor frescal. De nit, els grills cantaven, i de dia, bestioles de tota mena sortien dels seus amagatalls per a prendre el sol. Les perdius corrien per la plana: els ocells cantaven, i saltironaven pel bosc, i volant en l'aire, els ocells d'aigua arribaven del Sud, descrivint immensos cercles en l'espai. La cantúria de l'aigua corrent i la música de les fontanes que tornaven a rajar baixaven als turons. El Yukon arrossegava la seva presó de glaç, del qual el sol anava aprimant la superfície, sembrada de grans bombolles d'aire i solcada d'esquerdes que anaven obrintse fins al llit mateix del riu. I davant de l'encís del renovellament de la vida, sota els raigs del sol, enmig de l'oreig embaumat, la lamentable tropa d'homes i gossos s'arrossegava entre gemecs, talment una caravana de la mort...

Les bèsties, rebentades; Mercè, malalta sobre el trineu, Hal renegant tothora, Carles plorant..., així aconseguiren per fi el camp d'un tal John Thornton, situat a White-River. En parar-se, els gossos es deixaren caure com morts; Mercè s'eixugà les llàgrimes dels ulls, per a fixar-los en Thornton, i Carles veié un tronc d'arbre i s'assegué damunt amb precaució, car tenia tots els ossos adolorits, mentre Hal prenia la paraula.

John Thornton acabava de pelar una branca d'àlber pèr a fer-ne un mànec de destral; continuà el seu treball, no contestant més que amb monosíl·labs, car coneixia per experiència aquesta raça de viatgers i sabia que els consells no servirien de gran cosa. No obstant, aconsellà a Hal que no es fiés del glaç podrit i corcat, per dessota, a la qual cosa l'altre respongué que ja l'havien avisat que el desglaç estava pròxim i que més valia esperar.

—Però... —afegí Hal amb to triomfant—, també se'ns deia que no arribaríem a White-River, i aquí ens teniu!

—Així i tot, no us han avisat sense raó —replicà John Thornton—. El glaç està a punt de desaparèixer, i caldria tenir la sort d'un penjat que se salva, per a passar. Si jo fos a fer, no m'exposaria la pell sobre aquest glaç ni que em prometessin tot l'or d'Alaska!...

—Això és perquè, probablement, vós no esteu destinat a morir a la forca —féu Hal—. Però nosaltres volem arribar a Dawson, i hi arribarem!

I desenrotllant el seu fuet, cridà:

—Au, Buck... Dret de seguida! Arri!... Que creus o no, gran dropo?

Thornton continuà el seu treball sense replicar. Els gossos no havien obeït Hal. De molt temps ençà sols els cops els feien moure. El fuet començà a petar retorçant-se com un escorçó, mentre Thornton es mossegava els llavis; Sol·leck fou el primer que es posà dret, penosament; Teck el seguí; Joe s'aixecà seguidament tot lladrant de dolor. Pike féu penosos esforços per a alçar-se; després d'haver tornat a caure dues vegades, la tercera aconseguí tenir-se dret sobre les potes. Solament Buck romania immòbil, estès en el lloc on s'havia ajegut, aparentment insensible al fuet cruel que el feria sense pietat. Diverses vegades, Thornton, amb els ulls humitejats, volgué parlar, i després s'aixecà, nerviós, donant algunes passes insegures.

Era la primera vegada que Buck faltava al seu deure, raó més que suficient per a exasperar Hal, que deixà el fuet i agafà un gros garrot; però Buck es negà a moure's, malgrat la pluja de cops que queia damunt d'ell. A part que era quasi incapaç d'aixecar-se, el seu instint li donava l'obscur pressentiment d'una catàstrofe pròxima. El mal estat de la capa de glaç, clivellada i aprimida que había trepitjat durant tot el dia, li feia témer el riu al qual el seu amo el volia portar.

D'altra banda, la seva feblesa era tan extrema que amb prou feines se sentia dels cops; i aquest càstig salvatge anava a acabar d'apagar la petita guspira de vida que restava en el seu miserable cos. De sobte, John Thornton, d'un salt, es llançà sobre l'home, li prengué el bastó, i el féu recular violentament... Mercè xisclà, i Carles, sense moure's (car estava mig anquilosat), es tocà els ulls llagrimosos. Dret al costat del cos de Buck, el seu defensor, furiós, intentava vanament parlar.

—Si torneu a tocar aquest gos, us mato! —pogué dir per fi amb una veu ennuegada.

—És meu —contestà Hal, eixugant-se la sang que

li gotejava del nas i de la boca—. Cal que ens porti a Dawson, o que digui per què no ho vol fer!... Enrera, o us faig el compte!...

Veient que Thornton no feia acció de recular, Hal posà mà al seu ganivet de caça. Davant d'això, Mercè llançà un xiscle agut i es preparà a donar l'espectacle d'un atac de nervis en tota regla. Però Thornton amb un cop sec sobre els dits de Hal, féu volar enlaire el ganivet, i després el plegà, posant-se a tallar els tirants de Buck amb la fulla esmolada.

Hal, embarassat per la seva germana i no tenint força per a resistir, i jutjant, a més, que Buck estava massa prop de la seva fi per a ésser-li encara d'alguna utilitat, renuncià a fer valer els seus drets sobre el gos; el deixà estès en el mateix lloc, i s'allunyà amb els seus companys.

Alguns minuts més tard, sortien cap al riu, amb Pike al davant, Sol·leck a les vares, i entremig Joe i Teck; Mercè anava dalt del trineu, Hal a la barra, i Carles seguia penosament al darrera.

Mentre Buck, que havia aixecat el cap en sentir que els seus companys se n'anaven, els seguia amb la mirada, Thornton s'agenollà al seu costat i amb la seva mà rude, en aquell moment més dolça que la d'una mare, cercà si la bèstia tenia algun os trencat.

No pogué descobrir res més que contusions nombroses, amb un deplorable estat de magror i de feblesa.

El trineu, mentrestant, avançava lentament per damunt del glaç; havia fet un quart de milla quan l'home i el gos, que el seguien amb els ulls, el veieren de cop enfonsar-se per darrera com si hagués caigut dintre d'una rodera profunda.

Sentiren un xiscle de Mercè. Carles saltà per ferse enrera; però un enorme tros de glaç s'enfonsà; bèsties i persones desaparegueren amb el vehicle dins d'un clot que els engolí; el glaç s'havia trencat sota els seus peus.

John Thornton i Buck s'esguardaren.

—Pobre amic meu!... Pobre diable! —digué Thornton.

I Buck li llepà la mà.

VI. AMISTAT

En el mes de desembre precedent, John Thornton, havent-se glaçat els peus, es veié obligat a restar en el seu camp, esperant la guarició, mentre els seus companys remuntaven el riu a fi de construir un rai destinat a Dawson. Ranquejava encara una mica, però el bon temps li feia desaparèixer aquesta lleugera dolença, alhora que Buck, prenent el sol, recobrava gradualment la força perduda tot escoltant el soroll de l'aigua que corre, el xerroteig dels ocells i totes les remors harmonioses de la primavera, acompanyades pel murmuri del bosc secular, que enllà limitava l'horitzó.

Una mica de descans és una cosa legítima després d'un viatge de tres mil milles, però cal confessar que el nostre gos es lliurà amb el cor alegre a les dolçors de la peresa durant aquell temps de convalescència. Val a dir que al seu entorn tots feien el mateix. John Thornton no feia res, Skeet i Nig no feien res tampoc, esperant que sonés l'hora de moure's.

Skeet era una gossa *setter* irlandesa que des de bon començament havia demostrat molta amistat envers Buck, aleshores massa malalt per a atendre formalment la familiaritat que la gossa li avançava. Ella es complaïa a guarir certs gossos, i de seguida, com una gata mare llepa els seus gatons, es posà a llepar i guarir assíduament les nafres del pobre Buck. Cada matí, en acabat d'esmorzar, la gossa emprenia la seva feina d'infermera i fou tal l'èxit de les seves atencions, que Buck arribà a apreciar-les tant com les del mateix John Thornton.

Nig, igualment amical, encara que més reservat, era un gran gos negre de caça, amb els ulls riallers i amb el més bon humor del món.

Aquells animals, que semblaven participar de la bondat d'ànim del seu amo, no demostraven cap gelosia pel nou vingut, la qual cosa sorprengué molt Buck. Tan aviat com es trobà en estat de moure's, els dos gossos l'acaronaren, el feren jugar amb ells a tota mena de jocs, mostrant-se-li tan amics i hospitalaris, que hauria calgut un caràcter ben desagraït per a no sentir-se commogut per aquell acolliment generós; i Buck, que no era d'un natural vil, els correspongué llargament amb la seva amistat i amb els seus bons actes.

Aquest feliç període de pau fou per a ell com una renaixença, com l'entrada en una altra vida. Però el bon companyonatge, els jocs, el fresc oreig primaveral, el benestar de la convalescència, tot això no era res al costat del nou sentiment, de l'amor veritable, pregon, apassionat, que creixia en ell.

Allà baix, en la propietat luxosa de Santa Clara, Buck havia estimat i havia estat estimat, certament. Acompanyant el jutge Miller en les seves passejades, exercitant-se amb els seus fills en la caça o en les curses, vigilant zelosament els nens petits, ells i Buck sempre s'havien donat proves de bona amistat i d'excel·lent conducta.

Però, que lluny que eren aquells sentiments plaçèvols de la passió que ara l'animava! L'amor flamejava en ell, ardent i febrós; l'amor pregon, potent, exclusiu; aquesta admirable adhesió del gos a l'home, que tantes vegades ha estat celebrada i que mai no es glorificarà prou.

No solament John Thornton havia salvat la vida de Buck —això era ben poca cosa al costat dels beneficis quotidians que d'ell rebia—, sinó que aquest home comprenia l'ànima canina, tractava els seus gossos com si haguessin estat fills propis i els lliurava una part del seu cor. Mai no s'oblidava de donar-los el bon dia amical ni de dir-los el mot afectuós que ells tant estimaven. Jugava amb ells; s'entretenia amb ells com si fossin uns iguals; i Buck, de forma especial, se sentia amb l'ànima agraïda per aquest favor.

Thornton tenia una manera especial d'agafar-li el cap amb les dues mans i sacsejar-li la testa rudement, tot abocant sobre d'ell, en broma, una pluja de males paraules, que causaven al brau gos un deliri de joia i d'orgull. Escoltant aquests insults i renecs afectuosos, enmig d'aquesta rude abraçada, Buck es trobava en el setè cel. I quan, revingut del seu èxtasi, botava a l'entorn de l'amo adorat, amb els ulls expressius, la boca riallera i la gorja vibrant de sons inarticulats, però significatius, John Thornton, penetrat d'una mena de veneració, deia a mitja veu aquesta frase cent cops repetida:

—No li falta més que la paraula!

De vegades l'amor de Buck passava de la ratlla, i agafant la mà del seu amo, la tancava apassionadament entre les seves dents. D'aquestes festes exagerades la mà en sortia una mica adolorida; però de la mateixa manera que Buck interpretava els renecs de Thornton com paraules falagueres, Thornton sabia que aquestes mossegades eren amoroses, i no s'enfadava.

D'altra banda, aquestes demostracions no sovintejaven gaire: per més que Buck es tornava boig d'alegria quan el seu amo li adreçava la paraula o el tocava, la seva innata dignitat li prohibia cercar massa sovint aquells favors.

Al contrari de Skeet, que sense miraments posava el seu petit nas sota la mà de l'amo i no parava fins que per força havia obtingut una festa, i al contrari també de Nig, que es permetia posar la seva testa damunt dels seus genolls, Buck sabia adorar a distància.

Si veia Thornton ocupat, la seva felicitat consistia a estar als seus peus, amb l'esguard fix en ell, immòbil, escrutant el seu rostre, seguint amb una intensa atenció el més petit canvi d'expressió, la més petita variació de la fesomia de l'home estimat. Moltes vegades era tal el poder magnètic d'aquell esguard fidel, que atreia la mirada de Thornton, obligant-lo a deixar el treball començat, i els ulls de l'home entraven en fraternal comunió amb els del noble animal.

Durà molt de temps que Buck no podia resignar-se a perdre de vista el seu amo un sol instant. El canvi de propietaris que havia sofert en el curs del darrer any havia engendrat en ell la por prou justificada de veure reproduir-se aquelles doloroses separacions, i així vivia amb el terror que Thornton desaparegués de la seva vida, com n'havien desaparegut Perrault i Francesc. Atemorit per aquesta aprensió, el seguia constantment amb els ulls, dreçava les orelles amb ansietat si el perdia de vista, i a vegades, de nit, s'esmunyia fins al costat de la tenda per a escoltar la seva respiració. Els seus temors no s'esvaïren més que amb el temps, gradualment.

Però, a despit d'aquesta noble passió que semblava demostrar en Buck el retorn a les influències civilitzadores, la fera desvetllada pel contacte amb allò que el rodejava, la bèstia ferotge s'engrandia en el fons de la seva ànima i esdevenia preponderant.

Veient en la llar de Thornton aquell gos majestuós, d'ample pit, de superba testa, de pell esplèndida, d'ulls serens i expressius, última i admirable concreció d'una immensa línia d'ascendents lentament afinats, ¿qui s'hauria pensat que sota d'aquell aspecte elegant revivia el gos llop d'altres temps? I, no obstant, així era en realitat. Una a una, les marques superficials de la civilització s'esborraven del

«—No li falta més que la paraula!» (pàg. 75)

seu ésser, i l'animal primitiu s'afermava enèrgicament. L'engany, el furt, la violència, havien esdevingut les seves armes habituals. La persona de Thornton era sagrada per a ell, això ja no cal dir-ho, i Skeet i Nig pertanyien a l'amo i es beneficiaven de l'excepció. Però llevat d'ells, tot ésser vivent que el trobava havia de resignar-se a entaular combat, complint la llei inexorable de la lluita per la vida.

Quan ja no tingué la por terrible de perdre el seu amo, es posà a recórrer terres a l'atzar en llargues curses, i des d'aleshores endavant la seva existència es convertí en una batalla contínua.

Cada dia tornava al camp ple de ferides, cap enemic no li semblava massa temible, i ni la talla ni el nombre no el deturaven. No tenia por de l'adversari ni pietat per a ell; calia matar o morir; devorar o ésser devorat; era la llei primitiva, i Buck obeïa l'ordre sortida de les entranyes del temps.

Altres veus li parlaven també. De les profunditats del bosc, sentia ressonar cada dia més clarament una crida misteriosa, insistent, solemnial; tan apremiant era la crida que, algunes vegades, incapaç de resistirla, havia corregut fins a l'entrada del bosc. Però en ésser allà on acabaven els vestigis de la vida, a punt de trepitjar la terra verge, un sentiment més poderós encara que aquesta crida, l'amor del seu amo, deturava la correguda impetuosa, i l'obligava a tornar sobre els seus passos, a anar a prendre novament el seu lloc entre els éssers humans.

Hans i Peter, els dos socis de Thornton, havien retornat per fi amb el rai i vivien en bones relacions amb Buck. Però això havia costat una mica. D'antuvi el gos s'havia negat gelosament a deixar-los prendre lloc entorn de la llar; i quan les pacients explicacions de l'amo li feren comprendre que eren de la família, Buck els tolerà, es dignà acceptar llurs festes, però sense concedir-los mai la més petita part de l'afecció profunda que havia consagrat a Thornton.

Només Thornton el feia creure, i no hi havia límit en el que ell podia exigir del gos.

Un dia, havent abandonat el camp per a remuntar les fonts del Tanana, els tres cercadors d'or s'havien deturat sobre la cresta d'un penyal esquerpat i abrupte que domina el riu en una alçada de trescents peus. Buck reposava com de costum al costat del seu amo, vigilant-lo de cua, esperant una ordre o un senyal, convertit en imatge eloqüent de la fidelitat canina. Els ulls de l'home es fixaren en ell tendrament, però de sobte una idea impulsiva, com una necessitat de fer-se veure, com un desig d'admirar els seus companys, s'apoderà de l'ànima habitualment plàcida i reservada de Thornton.

—Ara veureu una cosa... Salta, Buck —exclamà, estenent el braç sobre la fondària formidable.

Amb prou feines havia acabat de dir aquestes paraules darreres quan, sense vacil·lar gens ni mica, sense retard, el gos es llançà a l'abisme, mentre l'home, adonant-se sobtadament de la seva follia, saltà per a socórre'l, amb perill de matar-se. Els altres dos companys es precipitaren també i prou feina tingueren per a salvar-los tots dos de la mort.

—No convé repetir aquesta broma cada dia —observà Hans.

—No —digué lacònicament Thornton, que compartia els seus sentiments, entre la vergonya d'haver cedit a un impuls de tan cruel vanitat, i l'orgull legítim que li inspirava la conducta del seu gos.

—Jo no voldria pas trobar-me dintre la pell de l'home que us ataqués a vós, veient-ho Buck —afegí Peter, després d'una pausa—. Es pot ben dir que passaria una mala estona.

Els pronòstics de Peter no trigaren gaire a realitzar-se.

Abans de fi d'any, els tres companys, deturats a Circle-City, s'estaven dins d'un bar junt amb altres cercadors d'or. Buck, arrupit en un racó, amb el cap damunt de les potes, vigilava com sempre tots els moviments de l'amo.

De sobte esclatà una baralla. Fou un tal Burton el Negre, pinxo i mala ànima, qui cercà bronquina sense raó a un parroquià inofensiu. Thornton, home just i assenyat, intentà calmar el provocador; però aquest, irritat per la seva intervenció, es girà contra Thornton, i traïdorament, sense cridar gaire, li pegà un cop de puny que l'obligà a agafar-se al taulell per no caure a terra.

Del fons de la sala se sentí un veritable udol de llop, i a través de l'atmosfera fumosa es distingí quelcom com un enorme projectil que passà per damunt dels caps. Era Buck, que, amb un gran bot, havia saltat per l'espai, i caigut sobre l'agressor, amb el pèl eriçat, els ulls vermells de sang, la boca oberta, disposat a devorar-lo. L'home brutal només tingué temps de ficar el puny dintre la boca del gos per a salvar la cara de l'escomesa. Però Buck, deixant-li de seguida el braç, es tirà sobre l'home amb tota la seva empenta, i el féu caure; i abans que la gent que s'hi llançà ho hagués pogut impedir, li obrí la gorja d'una mossegada.

Per fi s'aconseguí treure'l d'allí i arrencar-li la seva víctima, miracle que sols pogué aconseguir la veu de Thornton; però mentre un metge examinava el ferit, un tremolor d'ira feia onejar la pell de Buck, i el ronc continu que ressonava en el seu ample pit deia prou que l'encenia el desig d'acabar amb la seva víctima.

Un «consell» de minaires es reuní en el mateix lloc i jutjà greument la qüestió. Unànimement es reconegué que la intervenció de Buck era motivada: Buck fou absolt i el seu nom es féu cèlebre en tots els camps d'Alaska. No passava cap dia sense que donés proves de coratge i d'adhesió.

A les darreries de l'any, els tres companys, que havien sortit de Circle-City molt temps ha, es trobaren en un pas difícil. Es tractava de fer passar llur embarcació per una sèrie de ràpids extremament violents. Hans i Peter, des de la vora del riu, estiraven la canoa per mitjà d'una corda, que lligaven d'arbre a arbre per tal que no se'ls emportés el corrent, mentre Thornton, que estava dins de l'embarcació, la dirigia servint-se d'una perxa per entremig dels esculls. Buck, ansiós i atent, estava al bosc, no traient la vista del damunt del seu amo, avançant pas a pas, ensems que ell.

Al començament tot marxà bé; després calgué deixar la corda per tal que la canoa pogués passar per entre una renglera de roques punxegudes que s'eriçaven a flor d'aigua; la maniobra tingué èxit; però quan vingué el moment de tornar a lligar la corda, el moviment fou mal calculat, l'embarcació es tombà bruscament de quilla enlaire, i Thornton es trobà violentament llançat enfora, emportant-se'l el corrent, amb una força irresistible, cap al lloc més perillós dels ràpids.

La seva caiguda a l'aigua coincidí exactament amb la de Buck. Lluitant ardidament entre les aigües tumultuoses, esfereïdores com una caldera en ebullició, nedà destrament vers el seu amo, al qual veia lluitar més avall i l'aconseguí a uns trescents metres del lloc on havia caigut.

Sentint que Thornton l'havia agafat per la cua, el brau gos virà immediatament en direcció a la vora del riu, posà el cap damunt de la ribera, però, ai!, a despit dels seus esforços gegantins, desesperats, quedà vençut; més poderós que el seu coratge i que la seva voluntat, era la força cega del corrent.

Una mica més avall l'aigua es desfeia en escuma sobre unes roques agudes com les dents d'una enorme serra, i corria amb un furor esfereïdor. Rendit ja per la lluita terrible, Thornton aconseguí agafar amb les dues mans una d'aquestes roques punxegudes i aferrar-s'hi; després, amb una veu desmaiada, ordenà a Buck que anés a trobar Hans i Peter. L'intel·ligent animal ho entengué; aixecant la seva bella testa per damunt de l'aigua, com per a posar forces en l'esguard del seu amo, es posà a nedar vigorosament, i lliure del pes que abans arrossegava, finalment aconseguí guanyar la ribera. Els dos homes també havien comprès el pensament de Thornton; sense perdre temps, passaren la corda entorn del coll i de les espatlles de Buck, tenint cura, no obstant, de deixar-li la llibertat dels seus moviments, i després el llançaren a l'aigua.

Intrèpid, el gos desafià el corrent per segona vegada, nedà amb vigor, devorà la distància, però vet aquí que la seva pressa febrosa el féu anar una mica més lluny del lloc on hi havia el seu amo, i passà més enllà a desgrat seu; lluitant penosament per tornar enrera, es trobà arrossegat, lligat, engolit per les aigües furioses i desaparegué de la superfície.

De seguida Hans i Peter estiraren la corda, el tragueren mig negat, es llançaren damunt d'ell, i l'estrenyeren amb totes llurs forces per a tornar-li la respiració i fer-li perbocar l'aigua que havia begut. El gos s'alçà tremolant, i tornà a caure a terra com ferit per un llamp; els dos homes pensaven que anava a expirar, en el mateix moment que la veu de Thornton els arribà de lluny, apagada i vaga, en un crit suprem.

Però aquella veu tan feble semblava posseir el poder de fer-se escoltar més enllà del reialme dels vius. Del fons del seu esvaniment, Buck n'havia rebut l'efecte; el gos s'aixecà com galvanitzat, i d'un salt tornà al punt de sortida, guarit a punt de fer feina, expressant per mitjà d'una mímica eloqüent l'ardent desig de sortir de seguida, de no perdre ni un segon.

Novament li fou lligada la corda entorn del cos, i, ja més prudent a conseqüència de l'anterior fracàs, aquesta vegada sabé dominar la seva impaciència, moderar el seu ardiment, per a aconseguir el seu objecte. De cop tallà el corrent a través; arribà damunt de Thornton i es deixà caure expressament. Thornton el veié caure sobre d'ell com un llamp, i l'agafà pel coll. Tots dos foren arrossegats, tots dos rodolaren, tots dos quedaren submergits deu vegades. Per fi, la corda sortí fora de l'aigua: escanyats, fets malbé, però vius, l'home i el gos foren portats a la ribera.

Quan els auxilis dels seus companys hagueren retornat l'home a la vida, la seva primera mirada fou per a la bèstia, el cos mort de la qual inspirava ja a Nig llastimosos lladrucs de mort, mentre Skeet, més entesa, llepava amb ardiment el musell mullat i els ulls closos del pobre Buck.

Malgrat les seves ferides i la immensa fatiga que l'aclofaven, Thornton es va posar immediatament a friccionar i a guarir el seu heroic amic. Se li trobaren tres costelles trencades, cosa que determinà els tres minaires a acampar allí mateix, fins al complet restabliment del gos.

Aquell mateix hivern realitzà Buck un altre fet, menys heroic potser, però moltíssim profitós des del punt de vista pecuniari. Gràcies a ell, els nostres minaires pogueren comprar les eines necessàries i anar a treballar en una certa regió de l'Est, encara inexplotada, de la qual feia temps que estaven a l'aguait.

Un dia, a l'«Eldorado Saloon», lloc de reunió ben conegut dels cercadors d'or d'Alaska, els homes bevien i fumaven lloant llurs gossos respectius.

—El meu és capaç d'estirar, ell tot sol, sis-centes lliures de pes —deia l'un, no mentint més que a mitges.

—I el meu n'estiraria ben bé set-centes —digué Matthewson, un dels «nababs» de la contrada.

—Set-centes? —féu Thornton—. Buck n'arrossegaria mil.

—Ja serà això! —exclamà el «nabab», gelós—. Voleu dir que és tan potent com tot això? ¿Seria capaç, doncs, de fer arrencar el meu trineu que està allà encallat en la neu, i tirar-lo ell tot sol fins a cent metres de distància?

—Del tot capaç —repetí tranquil·lament Thornton.

—I bé —digué Matthewson, aixecant la veu perquè tothom pogués sentir bé la seva proposició—. Jo em jugo mil dòlars que no ho fa. Aquí van!

I tot dient-ho, dipositá sobre la taula un sac d'arena d'or, rodó i inflat, com una botifarra.

Hi hagué un moment de silenci. Thornton sentí que la sang li pujava a les galtes. La seva llengua l'havia traït.

Ell creia, molt sincerament, que el seu gos tenia prou força per a estirar un pes semblant; però mai no n'havia fet la prova. D'altra banda, els tres socis no posseïen de bon tros la quantitat de la juguesca. No obstant, calia decidir-se: s'esperava la resposta.

—El meu trineu és a la porta amb vint sacs de farina de cinquanta lliures cada un —digué Matthewson amb una rialla brutal—. No us molesteu, doncs!

Thornton restava silenciós, preocupat, cercant una fugida, quan els seus ulls errants es fixaren en el rostre d'un vell company, Jim O'Brien, un altre rei de l'or de la regió.

En veure'l recobrà tota la seva sang freda, i dirigint-se a ell, li demanà:

—Podeu deixar-me mil dòlars?

—Sí —respongué O'Brien, dipositant prop del sac de Matthewson un altre sac menys replè—. Però temo, John, que la bèstia no tingui prou força.

En un tancar i obrir d'ulls, els parroquians de l'«Eldorado» s'escamparen pel carrer per a presenciar la prova; les taules quedaren desertes i jugadors i *croupiers* sortiren en massa per veure el resultat de la juguesca i fent apostes ells amb ells. Nombrosos homes coberts amb abrics de pell envoltaren el trineu carregat amb les mil lliures de farina, que estava deturat feia dues hores davant de la porta, amb un fred de 60 graus sota zero.

Els patins havien quedat presos entre el glaç endurit; s'apostaren dos contra un que Buck no trauria el trineu d'allí. Una discussió es promogué sobre la paraula «arrencar»; O'Brien sostenia que Thornton tenia el dret de desglaçar de cop els patins, deixant que Buck estirés després: Matthewson afirmava que anava comprès en la juguesca trencar el gel sota els patins glaçats. Havent-li donat la raó la majoria dels homes presents, les apostes contra Buck es triplicaren, car ningú no el creia capaç d'un semblant excés de força. Thornton, veient que el trineu anava estirat per deu gossos als quals Buck havia de substituir tot sol, es penedia cada vegada més d'haver parlat tan de pressa. Matthewson triomfava.

—Tres contra un! —cridà—. M'hi jugo en aquesta proporció, mil dòlars més, Thornton. Hi esteu conforme?

Aquesta provocació havia despertat en Thornton l'esperit de combat, i estava decidit a intentar l'impossible. Cridà Hans i Peter, les bosses dels quals, reunides, no arribaren a formar més que un total de dos-cents dòlars; aquesta suma constituïa tot llur capital, però no dubtaren a apostar-la contra els siscents dòlars de Matthewson.

Els deu gossos foren desenganxats i Buck, tot guarnit, els substituí en el trineu. S'hauria dit que se li havia encomanat la sobreexcitació general, que se sentia a punt d'intentar un gran esforç a favor de l'amo adorat.

S'alçaren murmuris d'admiració a la vista de les seves formes superbes. Era meravellosament ben plantat, ni una unça de carn supèrflua; el seu pèl llustrós relluïa com el setí; sobre el seu coll i sobre les espatlles, la crinera se li eriçava: el seu ample pit onejava a cada moviment, i les seves fortes potes eren proporcionades a la resta del cos. Els entesos en animals li palparen els músculs, que es marcaven sota la pell amb grosses fibres, i els trobaren durs com el ferro; això fou causa que les apostes baixessin a dos contra un.

—A fe de Déu, senyor! —digué a Thornton un home riquíssim de Skookum-Bench—. Jo us n'ofereixo vuit-cents dòlars abans de la prova, vuit-cents dòlars ara mateix.

Thornton brandà el cap i anà a posar-se prop de Buck.

—Ep! —exclamà Matthewson—, vós no heu d'estar al costat del gos. Cal jugar net, i de lluny!

La gentada restà en silenci. No se sentia més que les veus dels qui apostaven, oferint Buck a dos contra un; però els vint sacs de farina pesaven massa perquè els presents es decidissin a posar mà a la bossa.

Thornton s'agenollà al costat de Buck, li agafà el cap amb les mans, prement el cap del gos contra la seva galta, i amb veu molt baixa, mormolejà:

—Fes això per mi, Buck, pel meu amor!...

I Buck gemegà, reprimint el seu ardiment.

La multitud els guaitava amb curiositat, la cosa esdevenia misteriosa, màgica. Quan Thornton s'alçà, Buck oprimí entre les seves dents la mà del seu amo i la mossegà lleugerament: això era una resposta muda i un missatge d'amor. Thornton reculà lentament.

—Apa, Buck —digué.

Buck tibà els tirants, i després els afluixà alguns centímetres, tal com havia après a fer-ho.

—Oo... llà!...

La veu de Thornton ressonà en el silenci solemnial.

Buck, decantant-se cap a la dreta, amb un moviment cap endavant, féu un bot que tibà de sobte els tirants, i després deturà de cop el seu impuls. La càrrega tremolà sota els patins, se sentí petar sonorament alguna cosa.

—Dià... —tornà a cridar Thornton.

Buck repetí la maniobra pel costat esquerre. L'espetec esdevingué un soroll de trencadissa, el trineu es bellugà; els patins es mogueren i lliscaren alguns centímetres. El glaç estava trencat! Els homes s'aguantaren la respiració.

Aleshores vingué el mot d'ordre final:

—«Mush!...»

La veu de Thornton ressonà com un toc de trompeta. Buck féu un pas endavant, estirant el corretjam, tot el seu cos allargat en un desesperat esforç; sota la pell sedosa, els músculs es retorçaven i es cargolaven com éssers vivents; l'ample pit del gos tocava a terra, les seves potes es crispaven febrosament, s'enfonsaven en la neu endurida, i hi marcaven profundes petjades. El trineu oscil·là, tremolà, semblà que es movia... Una de les potes de l'animal relliscà, i a un dels espectadors se li escapà un renec en alta veu; després el trineu, per petites convulsions, féu un moviment cap endavant i ja no s'aturà, avançant un centímetre... dos... deu...!

Per efecte de l'impuls donat, la pesant massa s'equilibrà i caminà visiblement. Els homes, panteixant d'emoció, no gosaven ni respirar: Thornton corria darrera del trineu, encoratjant Buck amb petits crits breus.

La distància que calia recórrer havia estat curosament assenyalada: i quan el bell animal s'atansà a la pila de fustes que marcava el terme, esclatà una aclamació que es convertí en clamor quan, ja més enllà del munt de llenya, es deturà de cop obeint la veu del seu amo.

Els homes, entusiasmats, fins Matthewson i tot, llançaren els barrets i els guants folrats enlaire.

Agenollat al costat de Buck, Thornton, radiant, havia agafat entre les dues mans el cap de la bèstia i el sacsejava rudement, atorgant-li la suprema recompensa, acompanyada d'una pluja dels seus renecs més escollits.

—Senyor —barbotejava el «nabab» de Skookum-Bench—, us en dono mil dòlars, sentiu? Mil dòlars... Mil dos-cents!

Thornton s'aixecà; els seus ulls estaven negats de llàgrimes, que ni tan sols pensava dissimular.

—No, senyor, no! —contestà al rei de Skookum-Bench—. Aneu al diable, senyor; és tot el que puc dir-vos!

Buck havia agafat entre les seves dents la mà de Thornton, inclinat damunt d'ell, i l'estrenyia amb tendresa; i els espectadors, discrets, es retiraren per no destorbar les efusions dels dos amics.

VII. LA CRIDA RESSONA

Havent guanyat John Thornton, gràcies a Buck, una pila de dòlars en cinc minuts, el cercador d'or es trobà en situació de pagar certs deutes molestosos i de realitzar un projecte que de molt temps ençà tenia pensat, amb els seus companys. Es tractava d'un viatge a l'Est, a la recerca d'una mina fabulosa, el record de la qual es remuntava als orígens de la història del país.

Molts aventurers havien sortit a cercar-la: pocs n'havien tornat; milers d'homes havien desaparegut sense deixar rastre. La història d'aquesta mina havia estat fecunda en tragèdies misterioses. S'ignorava el nom del primer que l'havia descoberta. Si val a dir la veritat, no se'n contava res concret, però es pretenia que el lloc de la mina estava assenyalat per una cabana enrunada.

Els qui en tornaven, esgotats i moribunds, l'havien descrita mostrant, en prova de les seves dites, partícules d'or d'una grandària sorprenent, com mai no se n'havien vist.

Ningú no s'atribuïa la propietat d'aquells tresors, que els explotadors morts no reclamaven. John Thornton, Hans i Peter, acompanyats de Buck i de mitja dotzena més de gossos, es dirigiren cap a l'Est, cercant una ruta inconeguda que els portés al lloc de les riqueses potser quimèriques.

Remuntaren en trineu el Yukon, glaçat en un trajecte de seixanta milles, passaren pel riu Stewart, pel Mayo i el Mac Quertin, i continuant llur camí fins al naixement del Stewart, s'enfilaren pels pics de les muntanyes, que semblaven l'espina dorsal del continent.

John Thornton, en el curs de les seves expedicions, comptava poc amb l'home, però molt amb la naturalesa, i no temia la solitud. Amb un grapat de sal i un rifle podia endinsar-se en els països més salvatges i fer-hi el seu objecte tant de temps com volgués. No tenint mai pressa, caçava per a alimentar-se, a la manera dels indis, tot fent via; si la caça faltava, prosseguia el seu camí sense torbar-se, segur de trobar-ne tard o aviat.

Havent d'ésser, en aquests llargs viatges, la carn fresca el menjar ordinari, les municions i les eines constituïen la principal càrrega del trineu.

Per a Buck fou un temps de felicitat, una alegria perpètua aquella vida de caça, de pesca i de vagabundatge infinit pels països inconeguts.

Durant setmanes enteres caminaven, del matí al vespre; durant altres setmanes, al contrari, semblava que volien posar arrels en algun paratge solitari; s'establia el camp; els gossos vagaven; rentaven prop del foc unes grans escudelles de terrissa daurada. Tan aviat patien gana, com tenien abundor de recapte, segons l'atzar de la caça.

Arribà l'estiu. Aleshores, homes i gossos travessaren en rai els llacs blaus de les muntanyes, remuntaren o baixaren rius desconeguts. Els mesos passaven, mentre ells erraven per la vasta extensió, de la qual cap mà humana no havia dibuixat la carta geogràfica per a guiar-los, però que havia estat trepitjada en altres temps per peus humans, si la tradició deia veritat.

Sofriren violents oratges, tempestes de neu en ple estiu, vents furiosos, llampecs enlluernadors: moltes vegades veieren caure els llamps a llur costat; tremolaren de fred al sol de la mitja nit sobre els alts cims, en els límits de les neus eternes; baixaren a les càlides valls infectades de mosquits; colliren, a l'ombra de les glaceres, fruites comparables a les més belles que es puguin tastar al Sud.

Cap a fi d'any, els viatgers penetraren en una regió trista i fantàstica, sembrada de llacs, d'on els animals aquàtics havien desaparegut i el silenci dels quals sols era torbat pel buf gelat del vent i pel rompre melangiós de les ones damunt de platges solitàries.

Durant tot l'hivern següent, els exploradors seguiren el rastre mig esborrat d'aquells que els havien precedit. Era una ruta oberta penosament pel mig del bosc, que semblava sense principi i sense fi, que hi havia restat misteriosament, com el destí i el pensament del que l'havia traçada.

Una vegada descobriren una barraca de caçador, i del mig d'uns trossos de teles podrides, Thornton desenterrà un fusell de pedra foguera dels primers anys de la Companyia de la badia de Hudson. No hi quedava cap rastre de l'home inconegut que havia edificat aquell sopluig i viscut en aquell lloc en una època llunyana.

El retorn de la primavera posà terme a aquell vagabundejar, car els aventurers, si bé no trobaren la cabana perduda, descobriren en canvi, en una cavitat d'una ampla vall, un *placer* profund, on l'or relluïa com mantega groga.

No anaren ja més lluny, car cada dia de treball els produïa milers de dòlars en pols o en partícules. Fabricaren sacs de pell de cérvol polar, els quals ompliren a raó de 50 lliures cada un.

Els dies passaven de pressa. Els gossos no tenien altra feina a fer que portar al camp, de tant en tant, la caça matada per Thornton. En aquest període, Buck passà llargues hores somiant des del racó del foc en les coses primitives de les quals sentia el confús enyorament.

Aleshores, a les visions boiroses de les èpoques llunyanes s'ajuntava la crida que ressonava en el fons del bosc, despertant en ell una munió de desigs indefinibles i d'estranyes sensacions. Mogut per un poder més fort que la seva voluntat, sortia a explorar, cercant l'origen de l'eco que ressonava en ell. Errant pel bosc, flairava amb embriaguesa la sentor de l'herbei fresc i de les plantes que cobrien la terra negra entremig de l'humus secular; i aquestes olors saludables l'omplien d'una joia misteriosa, que li semblava haver sentit ja abans.

El record de l'home de braços llargs, cobert de pèl, a qui en altres temps seguia, li retornava vivament a la imaginació, gairebé esperava trobar-lo al recolze del senderó marcat en la selva pel pas de les bèsties salvatges. I cercava, cercava quelcom, més ardentment que mai.

Algunes vegades restava dies i dies enters arrupit darrera d'un tronc d'arbre, guaitant pacientment, amb una incansable curiositat, tot el que es movia al seu entorn, el moviment de les múltiples petites vides protegides pels grans arbres, dels insectes i bestioles.

Després entrava de bell nou al campament i s'estirava novament a la vora del foc per a somiar.

Però de sobte alçava el cap, dreçava les orelles, escoltant, ple d'atenció. Obeint la crida que ell sol entenia, botava sobre els seus peus i emprenia un camí dret, durant hores i hores, sota les fresques voltes del bosc, pel fons del llit assecat dels torrents, pels grans espais oberts i florits. Però per damunt de tot, es complaïa a córrer en la penombra odorant de les nits d'estiu, en aquelles hores en què la selva murmura en el seu son i en què el que ella diu és clar com la paraula articulada. En aquesta hora, més profunda, més misteriosa i també més pròxima, ressonava la Crida, la Veu que incessantment l'atreia, des del mateix fons de la naturalesa.

Una nit es despertà de cop, sobresaltat, els ulls brillants, les narius tremoloses, el pèl eriçat en ones... Sentia la Crida i aquesta vegada sonava molt a prop. Buck mai no l'havia distingida tan clarament. Era com el llarg udol —semblant i dissemblant alhora— del gos indígena.

I en aquell crit familiar reconegué la Veu, escoltada en altres temps, que cercava de setmanes i de mesos ençà.

Travessant, ràpid i silenciós com una ombra, el camp adormit, s'endinsà en el bosc. Però a mesura que s'atansava a l'Ésser que el cridava, aturava gradualment la seva marxa, avançant amb prudència i astúcia.

De sobte, en el cor d'una clariana, veié assegut sobre les seves anques i udolant a la lluna, un llop de bosc, llarg, gris i magre.

Malgrat no haver fet el gos gens de soroll, la bèstia l'olorà i cessà de sobte el seu cant. Buck avançà, amb la cua alta i les orelles dretes, a punt de botar. No obstant, la seva actitud demostrava, ensems que l'amenaça, el desig de fer-se amic del llop. Però la fera, en lloc de correspondre a les bones intencions del gos, fugí de pressa.

Buck la seguí fent grans bots, ple del foll desig d'aconseguir-la. Corregueren molta estona, quasi costat per costat. Per fi, el llop es ficà pel llit assecat d'un torrent, tapat per un teixit inextricable de branques i arbres morts. Aleshores la bèstia salvatge, veient-se acorralada, es girà de cara, per un moviment familiar a Joe i als gossos indígenes en els casos crítics; i el llop, petant de dents, esperà.

Buck, en lloc d'escometre'l, voltava entorn del llop amb murmuri amical, remenant la cua i ensenyant-li les dents com en un mig riure. Però el llop desconfiava, car el seu cap amb prou feines arribava a l'espatlla del gos, i tenia por. De cop, fent un moviment àgil i furtiu, s'escapà i reprengué la correguda.

La persecució tornà a començar. Novament el llop estigué a punt d'ésser agafat, i novament s'escapà i tornà a fugir. La bèstia es trobava en mal estat, si no, Buck no hauria pogut igualar-la en el córrer; seguien corrent gairebé l'un al costat de l'altre, fins que el llop es deturava, ensenyant les dents, i altra vegada fugia destrament.

Per fi, convençut que Buck no li volia mal, la bèstia s'aturà i deixà que el gos li ensumés el musell. Es feren amics i es posaren a jugar junts, d'una manera nerviosa i tímida, que semblava desmentir la ferocitat de les bèsties salvatges.

Moments després el llop es posà a caminar, tot determinat, indicant un final definitiu. Féu comprendre a Buck que havia d'acompanyar-lo, i costat per costat, es posaren a córrer en la penombra. Seguiren el llit del torrent, a través de la gorja àrida que li donava origen i, per damunt de la vessant oposada a la cascada, passaren a una regió de planes i boscos extensos, travessats per nombrosos recs. Galoparen hores enteres per aquelles terres, mentre el sol s'alçava sobre l'horitzó.

Buck era infinitament feliç: sentia que estava responent a la Crida; els records antics li tornaven en tropell en aquella terra verge i sota el cel immens, mentre corria al costat del seu germà salvatge.

Les dues bèsties s'aturaren per a beure en un rec d'aigua clara; el corrent fred esvaí l'embriaguesa del gos; el record de John Thornton oprimí de cop el cor de Buck. I bruscament s'assegué.

El llop continuà la seva ruta; després tornà enrera, volent encoratjar el gos perquè el seguís. Però Buck retornà lentament sobre el seus passos, i durant una hora el seu germà salvatge l'acompanyà, gemegant dolçament. Després, al seu torn, s'assegué i, aixecant el musell enlaire, llançà un llarg udol.

Mentre el gos seguia el seu camí, aquest plany lúgubre trencà la quietud, ressonant encara llarga estona en la llunyania. Per fi s'apagà.

Thornton acabava de dinar quan Buck caigué en el camp com una bomba, saltant sobre el seu amo, esverat com si l'haguessin ferit, tombant tot el que trobava al pas, en boja expansió de tendresa; Thornton mai no l'havia vist tan exuberant...

Durant dos dies i dues nits, Buck restà al camp, com si guardés el seu amo amb la vista; després fou novament atret pel record d'aquella correguda amb el llop, a través d'un país rialler i salvatge...

Es posà a córrer per entre l'arbreda, però no podia retrobar el seu company salvatge: el plany lúgubre ja no se sentia.

La seva orgullosa confiança en si mateix s'exterioritzava en tots els moviments i li comunicava una mena de plenitud graciosa i terrible.

Hauria semblat talment un llop gegantí si no hagués tingut les taques rogenques al musell i al voltant dels ulls, i l'estrella blanca que li marcava el front i l'ample pit. Del llop tenia l'astúcia; del seu pare, el gos gegant, la força i el coratge; de sa mare, la fina gossa escocesa, la bellesa i la intel·ligència, que afegides a l'experiència adquirida en la més dura de les escoles, feien d'ell una criatura superba i temible entre totes.

—Mai no s'ha vist un gos semblant —repetia Thornton amb justificada vanitat, mirant-lo anar pel camp, orgullós i fort, com si fos el rei de tot el que l'envoltava.

Ningú no sospitava la transformació que s'operà en Buck tan aviat com s'hagué endinsat en la solitud del bosc. Esdevenia un animal salvatge, silenciós i lleuger com una ombra a penes entrevista enmig de les altres ombres. Sabia treure partit de tot, esmunyir-se per damunt del ventre com una serp, i com aquesta botar i ferir. Sabia agafar les perdius en el riu, sorprendre el conill en el seu amagatall i atrapar al vol els petits esquirols àgils. Però no matava pel gust de matar, sinó per viure car s'alimentava únicament de la caça.

Acostant-se l'hivern, els cérvols polars baixaven en gran nombre per a passar l'estació rigorosa en les valls baixes i més temperades.

Buck ja havia aconseguit agafar un jove animal d'alta talla, però aspirava a fer una altra presa més digna d'ell; l'ocasió va presentar-se-li per fi en un precipici solitari.

Una vintena d'aquests animals, comandats per un vell cap, baixaven en petites jornades de la regió dels boscos i de les fonts. El cap era una bèstia d'aspecte ferotge, la testa formidable del qual estava ornada d'un gran ramatge, format almenys per catorze branques, i que feia set peus de l'una punta a l'altra. Els seus petits ulls brillaven amb una lluor verda i cruel, i fins al mateix Buck li semblà un temible adversari.

En adonar-se del gos mugí de furor: aquest furor l'augmentava sens dubte el dolor que li causava una fletxa, la ploma de la qual li sortia en el mig del flanc.

Guiat per l'instint innat de caçador, heretat dels seus avantpassats, que predicaven ja aquesta tàctica en els primers temps del món, Buck procurà de separar el vell mascle de la resta del ramat. Això no era cosa fàcil, car l'animal era tan desconfiat i astut com ferotge. El gos dansava, lladrant, davant del cèrvol, exasperant-lo amb els seus lladrucs, tot curant de mantenir-se a discreta distància de les banyes formidables i de les terribles potes, que l'haurien aixafat amb una trepitjada.

El mascle, furiós, es llançava sobre Buck, que feia veure que fugia per tal que l'altre el perseguís i s'allunyés. Però tan aviat com el vell cap feia acció de separar-se de la colla, dos o tres animals joves envestien el gos, la qual cosa permetia al cap ferit d'ajuntar-se novament al gros de la tropa.

Les bèsties salvatges saben desplegar una paciència tossuda i incansable com llur mateixa vida. I Buck posseïa totalment aquesta paciència. Restava sobre els flancs de la colla, hostilitzant les femelles i els petits, envoltant la tropa d'un cercle d'escomeses, fent tornar foll de ràbia impotent el cap ferit. Això durà tot el dia. A la posta del sol, els animals joves es mostraren ja menys ardents a socórrer llur cap obsessionat. La proximitat de l'hivern, obscurament pressentit, els duia cap als llocs de les pastures, més temperats, i llur instint els aconsellava sacrificar una testa única per la salvació del ramat enter.

Les ombres del vespre caigueren sobre la terra; el vell mascle, capbaix, guaitava com s'allunyaven els companys als quals ja no podia seguir; les vaques que ell havia protegit, els vedells dels quals ell era pare , els joves audaciosos que ell havia vençut, tots desaparegueren, amb una marxa cada vegada més ràpida, en la llum morent del capvespre.

Anava a acabar la seva llarga vida de lluites i de victòries sota les dents d'un gos, el cap del qual no arribava a l'alçada dels seus genolls. Des d'aquest moment, Buck no deixà la seva víctima de nit ni de dia, privant-la de beure i de menjar-se l'herba i els brots tendres dels sàlzers i dels àlbers. En la seva desesperació, el cérvol galopava furiosament, sense cap finalitat: Buck el seguia fàcilment, posant-se a jeure quan l'animal s'aturava, però escometent-lo tan aviat com anava a menjar o a beure.

La bèstia s'arrupia cada vegada més sota el seu brancatge enorme i trotava més lentament; durant llargues estones l'animal romania immòbil, amb el nas a terra, les orelles caigudes; aleshores l'implacable perseguidor podia reposar i beure.

En aquest moment de treva, quan Buck restava

ajagut, panteixant amb la seva roja llengua estirada sobre les dents blanques, li semblava pressentir un canvi subtil en la contrada. S'hauria dit que nous éssers hi havien penetrat, ensems que els ants baixaven de les alçàries; la selva, l'ona i l'aire descobrien llur presència, que un sentit misteriós revelava a Buck; i determinà, un cop hagués acabat la carrera, aclarir aquest enigma estrany i suggestiu.

El quart dia al vespre aconseguí finalment tirar a terra el gran ant, i durant vint-i-quatre hores estigué prop de la seva víctima, menjant i dormint per torn.

Després, reposat, refet i vigorós, reprengué el camí del camp de Thornton. Corria al galop llarg, hores enteres, sense errar-se mai, orientant-se amb una seguretat que avergonyiria l'home i la seva agulla magnètica.

Tot fent via, el canvi pressentit s'afirmava en ell cada vegada més. Hi havia en el país alguna cosa nova, i aquest convenciment no li venia tan sols del seu propi instint. El testimoni d'altres animals i el mateix oreig el confirmaven.

Diverses vegades es deturà per a respirar l'aire fresc del matí i desxifrar el missatge que li enviava; aquest missatge li feia reprendre la correguda amb més ardiment, car pressentia un drama molt pròxim, una calamitat imminent, si no consumada ja. Després d'haver travessat la darrera cascada, baixà al camp redoblant la circumspecció.

Al cap de tres milles trobà un senderó obert de nou que conduïa al camp de John Thornton. Buck s'apressava; tenia el pèl eriçat, els nervis en tensió, es fixava atentament en mil detalls que li confirmaven certs fets, sense donar-li'n una idea completa.

El seu olfacte li revelà el pas d'éssers vivents, el rastre dels quals seguia. El silenci absolut del bosc el corprengué; els ocells havien fugit i els esquirols s'amagaven en els forats dels arbres.

«Els altres, a cor, reprengueren el cant. Buck reconegué la Crida...» (pàg. 102)

Mentre Buck lliscava, ràpid i furtiu com una ombra, una sentor irresistible li entrà de sobte a la gorja i el desvià de la ruta. La nova pista l'emmenà a un lloc on trobà el seu company Nig caigut sobre el flanc, travessat de banda a banda per una llarga fletxa. Cent metres màs enllà, Buck, sense aturar-se, veié un gos indígena dels comprats a Dawson que es retorçava en les darreres convulsions de l'agonia.

Aleshores, Buck sentí una mena de melopea salvatge i monòtona... En una clariana descobrí el cadàver de Hans, ajagut de cara a terra, amb el cos eriçat de fletxes com un porc espí. Alhora veié per les escletxes de les branques un espectacle que li eriçà el pèl i l'omplí d'una ràbia cega. Els nous éssers pressentits prenien realitat; una tropa de pells-roges de la tribu dels Jechats ballava la dansa de guerra al voltant de la cabana enrunada de John Thornton...

Un udol ferotge s'escapà del pit convuls de Buck; el furor li féu oblidar de sobte la prudència i l'astúcia i es llançà contra els pells-roges esparverats, caient damunt d'ells com una tromba. Embriac de carnatge i de mort, Buck saltà sobre els Jechats de l'un costat a l'altre, saltà sobre el cabdill, li obrí la gorja d'una mossegada que li trencà la caròtida, i sense entretenir-se a rematar-lo es girà contra el segon guerrer, que sofrí una sort semblant. En va els homes intentaren resistir; la bèstia era pertot arreu. Fugia de llurs escomeses i sembrava al seu pas la destrucció i el terror. Els salvatges volien abatre-la a cops de fletxa, però els uns als altres es travessaven sense tocar l'enemic: el fill del gran cabdill, volent venjar el seu pare, provà de travessar amb la seva llança aquell dimoni àgil que saltava per entremig d'ells; l'arma penetrà en el pit del seu propi germà, que caigué llançant un xiscle esfereïdor.

Aleshores el pànic s'apoderà dels Jechats, que fugiren terroritzats pel bosc, proclamant a grans crits l'aparició del Mal Esperit.

I Buck, perseguint els seus enemics, semblava realment la personificació de la Venjança infernal.

Àvid de llur sang, el gos els tirà a terra i els estripà sense pietat. Folls de terror, delmats, es dispersaren en totes direccions. Fins una setmana després no pogueren reunir-se els supervivents de la lluita, en una vall amagada, per a comptar el nombre de morts i cantar-los les absoltes.

Quan Buck, cansat de perseguir els miserables enemics, retornà al camp devastat, trobà el cos de Peter en el mateix lloc on la mort l'havia sorprès al primer atac. L'estat de la terra en el lloc de la lluita demostrava la resistència desesperada de Thornton.

Llançant crits planyívols, Buck seguí fins a la vora d'un estany profund totes les peripècies de la lluita que el seu amo havia sostingut. Allà, sobre la ribera, fidel fins a la mort, la gossa Skeet estava estesa, amb el cap i les potes davanteres dins d'un toll de sang... Les aigües tèrboles i profundes amagaven per sempre més el cos de John Thornton...

Buck passà tot el dia errant a l'entorn de l'estany, llançant gemecs lúgubres i lladrucs desolats. La desaparició del seu amo estimat obria en el seu cor un buit profund, impossible d'omplir. La contemplació de les seves víctimes era l'únic que endolcia la seva pena. Orgullós d'haver matat homes, la més noble caça, ensumava encuriosit els cadàvers, admirat d'haver triomfat tan fàcilment sobre aquells éssers que quan calia sabien fer-se temibles.

D'aleshores endavant ja no tindria por a l'Home. La lluna aparegué en el cel, amarant la terra d'una llum sepulcral. Buck sentí pujar del bosc el despertar d'una vida nova.

Es redreçà i flairà l'aire. Ressonaven udols llunyans que ràpidament s'acostaven. El gos reconegué en els udols una part del passat que ressuscitava en ell. Escoltà sense torbació i sense remordiment la veu que de molt temps ençà el cridava...

Ara era lliure, lliure per a respondre-la i per a obeir-la. Mort John Thornton, res no lligava Buck amb la Humanitat.

Com una ona argentada, l'horda de llops entrà en la clariana on Buck, immòbil com un gos de pedra, l'esperava. El seu aspecte era tan imposant que els llops s'aturaren, corpresos; però un d'ells, més ardit que els altres, saltà sobre el gos, que li torçà el coll amb la rapidesa d'un llamp. Després reprengué el seu posat majestuós, sense preocupar-se de la bèstia que agonitzava a terra. Altres tres llops intentaren l'atac i es retiraren en desordre, amb la gorja oberta des d'una orella a l'altra.

Per fi la banda sencera es llançà sobre l'enemic. Però la meravellosa agilitat de Buck i la seva força inigualada li permeteren esquivar totes les escomeses.

Per a evitar que els assaltants l'ataquessin per darrera, s'arrecerà a un marge i aconseguí defensar-se tan valentament que per fi els llops recularen descoratjats. Els uns restaren ajaguts a terra, amb la llengua penjant, dessagnant-se per nombroses ferides; els altres udolaren, ensenyant llurs claus lluents, sense perdre de vista el terrible adversari; altres bevien àvidament l'aigua de l'estany.

De cop, un llop gran i magre es destacà de la tropa i s'atansà al gos amb precaució, gemegant dolçament. Buck reconegué el seu germà salvatge, el seu company d'una nit i un dia: llurs dos musells es tocaren, i el gos sentí batre el seu cor de dolça emoció.

Un vell llop escardalenc, cobert de cicatrius, s'acostà també. Buck, tot retorçant els llavis, li ensumà les narius i remenà amicalment la cua. El vell guerrer s'assegué i alçant el seu musell vers la lluna, llançà un udol malencònic i prolongat. Els altres, a cor, reprengueren el cant. Buck reconegué la Crida... S'assegué i també udolà. Aleshores l'horda el rodejà i l'ensumà, no demostrant-li cap mena d'hostilitat.

Els caps, de sobte, llançant el crit de caça, corregueren cap al bosc; la banda sencera els seguí, udolant. Buck, al costat del germà salvatge, galopava, udolant com ells.

I ací s'acaba la història de Buck.

Però els indis, al cap de pocs anys, remarcaren una modificació en la raça dels llops de bosc. Alguns llops joves, de més alta talla, mostraven unes taques rogenques al voltant dels ulls i sobre el musell i una estrella blanca al front o al pit. I encara avui, entre els Jechats, es parla d'un Gos-Esperit que guia la banda de llops i que és més astut que cap d'ells. Els homes el temen, car no té por d'anar a robar fins als seus camps, destruint llurs paranys, matant llurs gossos i escometent el homes armats.

De vegades els caçadors no tornen del bosc; i es troba el seu cos sense vida, amb la gorja oberta. I la llegenda del Mal Esperit s'augmenta amb un episodi més. Les dones ploren i els homes, pensant-hi, es posen ombrívols.

Tots fan per manera de no anar a la vall de l'estany, car allà, en aquell lloc apareix periòdicament una bèstia sortida de la regió de les grans selves i de les fonts, la presència de la qual sembra el pànic pertot arreu.

Diuen que és un llop gegant, de pell superba, d'aspecte altívol i dominador. Baixa fins a una clariana, on uns sacs de pell mig podrits esbotzen sobre el sòl un raig de metall groc, mig recobert ja per detritus vegetals i per les herbes selvàtiques.

El gran llop es detura i sembla somiar; desprès, llançant un llarg udol, la tristesa del qual glaça la sang, reprèn la seva correguda cap al bosc profund on viu.

I quan vénen les llargues nits de l'hivern i els llops surten dels boscos per a caçar en les valls baixes, se'l veu córrer al davant de l'horda, sota la pàllida claror de la lluna o a la lluor resplendent de l'aurora boreal. De talla gegantina, domina els seus companys, i la seva gorja sonora dóna el to al cant de la banda, que data dels primers dies del món.

VOCABULARI

Establert per Alfons Tarrida

atansar	acostar.
alleujament	més lleu, més suportable un sofriment.
angoixa	opressió, respir fatigós.
ardit	valent, coratjós.
arnès	guarniments del cavall, del gos, etc.
arrabassar	prendre violentament alguna cosa a algú.
arrapar	aferrar-se.
arregussat	arremangat.
arreus	guarniments del cavall, del gos, etc.
arrupit	encongit.
balancejar	moure's oscil·lant a un costat i a l'altre de la posició d'equilibri.
balener	el qui es dedica a la pesca de la balena.
bergant	brètol, pillet, mala persona.
bordar	lladrar amenaçadorament.
brogit	tumult.
calces	pantalons
canilla	colla de gossos.
capficall	acció d'enfonsar-se bruscament dins l'aigua la proa d'una nau animada d'un moviment de balanceig de proa a popa.
cercar	buscar.
clivellat	obert, esquerdat.
cobdiciar	desitjar la possessió (d'una cosa o d'una persona).
davallada	baixada.
d'antuvi	d'entrada.
domeny	domini; cosa de la qual hom té el domini o la propietat.
eixugar-se	assecar-se.
embalum	volum d'una cosa, especialment quan és desmesurat.
emmurriat	enfadat, trist.

empentejar	donar empentes.
escometre	atacar, venir hostilment damunt algú.
encoratjar	animar.
entrepont	espai que hi ha entre coberta (o pont) i coberta d'un vaixell.
énsems	alhora, al mateix temps.
esfereïdor	que espanta.
esmunyir	lliscar, passar, escórrer-se.
estremir	tremolar fortament.
esvair-se	desfer-se, desaparèixer.
falaguer	que atreu per les maneres agradoses.
feredat	horror.
ganàpia	noi gran.
greuge	paraula o acció que fereix algú en la seva dignitat, que el mortifica greument.
groller	poc fi, bast, descortès.
guarició	curació.
guarir	curar.
grum	noi que un club, un establiment, etc., té al servei dels seus concurrents per a fer encàrrecs.
husky	gos del país, mig salvatge.
lassa	cansada.
lliurat	entregat.
malencònic	trist.
mansoi	suau, dòcil, manyac.
musell	morro.
nabab	magnat.
oratge	vent, especialment vent de terra.
oreig	vent suau.
paquebot	nau que porta la correspondència pública i també generalment passatgers, d'un port a l'altre.
placer	llit d'un riu o corrent d'aigua d'on s'extreu l'or.
perbocar	vomitar.
placèvol	agradós.
picarol	cascavell gros.
pointer	gos de raça anglesa.
rai	conjunt de bigues d'arbre fortament unides formant una plataforma flotant.
ràpids	parts d'un riu on el corrent esdevé molt ràpid i impetuós.
remor	soroll confús.
renecs	blasfèmies.
resoludament	decididament.

sanglot	sospir convulsiu.
sivella	peça de metall que serveix per unir els dos caps d'un cinturó, o el corretjam dels arreus.
sòl	superfície del terreny; fons d'un atuell.
sopluig	lloc on posar-se a cobert de la pluja.
sorgir	aparèixer.
tragella	conjunt de gossos arrossegadors, que arrosseguen, per exemple, un trineu.
tirandes	conjunt de corretges i tirants que formen els guarniments dels gossos.
turó	elevació costeruda del terreny.
veranda	galeria lleugera construïda en tota la llargada de l'edifici.
xurriaques	estri per a pegar les bèsties, vara de freixe, amb una cordeta, tira de cuir, etc. a l'extrem.

Jack London (John Griffith) nasqué a San Francisco, Califòrnia, el 1876 i morí, suïcidat, el 1916 en el seu luxós «Beauty Ranch». La més suggestiva de les seves aventures és la seva mateixa vida. Fill il·legítim d'un aventurer i astròleg ambulant, la seva mare es casà amb un humil botiguer que li donà el nom i, ben jove, el forçà a treballar. Als quinze anys se n'anà de casa, als disset treballà de mariner, després de camàlic i de moltes altres coses més, entre les quals la de buscador d'or a Alaska.

La lectura del *Manifest* de Marx i Engels el convertí en un socialista entusiasta i audaç que el portà diverses vegades a la presó; però, alhora, també predicà el culte al superhome de Nietzsche. Com la resta dels progressistes de l'època, era un romàntic seduït per la idea imperialista de la força i del domini. Però compadia profundament els pobres i no perdonava la societat que l'havia fet patir. Tota la seva vida fou dedicada a passar de la pobresa a la riquesa i de fugir de la misèria moral i econòmica de la seva infantesa.

El 1899 començà a publicar en revistes i diaris; el 1900 publicà *El fill del llop* i el 1903 *La crida del bosc* que fou el seu primer gran èxit. Després *El llop de mar* (1904), *Ullal blanc* (1906), *El taló de ferro* (1907), *Martin Eden* (1909) que és la història de la seva vida, *Contes de la mar del Sud* (1911) i una cinquantena d'obres més que li donaren molts diners, els quals es gastà enterament entre amics i capricis. Construí el més gran i luxós ranxo i hi convidà els amics amb hospitalitat de príncep.

El 1913, les seves novel·les havien estat traduïdes a onze llengües i era un dels escriptors més populars i rics del món, àngel venjador dels pobres i rebel enfront dels rics.

De fet, Jack London fou un romàntic solitari i tràgic en mig d'un món hostil del qual finalment, el 1916, voluntàriament s'alliberà.

ÍNDEX

L'ESPARVER

1. *Jules Verne, EL CASTELL DELS CARPATS*
2. *Emilio Salgari, EL CORSARI NEGRE*
3. *Jules Verne, VINT MIL LLEGÜES DE VIATGE SUBMARÍ*
4. *Mark Twain, LES AVENTURES D'EN HUCKLEBERRY FINN*
5. *Jack London, LA CRIDA DEL BOSC*
6. *Manuel de Pedrolo, DOMICILI PROVISIONAL*
7. *H. G. Wells, L'HOME INVISIBLE*
8. *Edgar Allan Poe, LES AVENTURES D'ARTHUR GORDON PYM*
9. *Anna-Greta Winberg, QUAN UN TOCA EL DOS*
10. *Lleó Tolstoi, HISTÒRIA D'UN CAVALL*
11. *Joaquim Soler, EL FANTASMA DEL FLUVIÀ*
12. *Agustí Alcoberro, EL SECRET DEL DOCTOR GIVERT*
13. *Mary Rodgers, QUIN DIA TAN BÈSTIA!*
14. *Xavier Fàbregas, L'ENCALÇ*
15. *Mark Twain, LES AVENTURES DE TOM SAWYER*
16. *John Wyndham, EL DIA DELS TRÍFIDS*
17. *R. L. Stevenson, LES AVENTURES DE DAVID BALFOUR*
18. *Lennart Frick, L'AMENAÇA*
19. *Daniel Defoe, ROBINSON CRUSOE*
20. *R. L. Stevenson, EL CAS MISTERIÓS DEL DOCTOR JEKILL I MISTER HYDE*
21. *Edgar Allan Poe, L'ESCARABAT D'OR*
22. *Felice Holman, EL ROBINSON DEL METRO*
23. *Mercè Canela, LLUNA DE TARDOR*
24. *H. G. Wells, L'ILLA DEL DOCTOR MOREAU*
25. *Mary W. Shelley, FRANKENSTEIN*
26. *J. R. R. Tolkien, EL HÒBBIT*
27. *Joaquim Carbó, OPERACIÓ BORINOT*
28. *Jules Verne, DOS ANYS DE VACANCES*
29. *A. Von Chamisso, LA MERAVELLOSA HISTÒRIA DE PETER SCHLÈMIHL*
30. *Peter Härtling, LA IAIA*
31. *Jules Renard, PÈL ROIG*
32. *Sir Arthur Conan Doyle, EL MÓN PERDUT*
33. *Pep Albanell, DOLOR DE ROSA*
34. *Henry Rider Haggard, LES MINES DEL REI SALOMÓ*
35. *Alexandre Dumas, ELS TRES MOSQUETERS*
36. *G. A. Bürger, LES AVENTURES DEL BARÓ DE MÜNCHHAUSEN*
37. *Lleó Tolstoi, AMO I CRIAT*
38. *Blaise Cendrars, L'OR*
39. *Joaquim Carbó, CALIDOSCOPI DE L'AIGUA I DEL SOL*
40. *Hans Peter Richter, EL MEU AMIC FRIEDRICH*
41. *Pere Verdaguer, ÀXON*
42. *Lois Lowry, UN ESTIU PER MORIR*
43. *Jack London, EL CREUER DEL DAZZLER*
44. *Italo Calvino, MARCOVALDO*
45. *James Fenimore Cooper, EL DARRER DELS MOHICANS*
46. *Mary Rodgers, LA TELE BOJA*
47. *Maite Carranza, OSTRES TU, QUIN CACAU!*
48. *Emilio Salgari, IOLANDA, LA FILLA DEL CORSARI NEGRE*
49. *Luigi Malerba, CONTES DE BUTXACA*
50. *Anna-Greta Winberg, TOT D'UN PLEGAT*
51. *Georges Arnaud, EL SALARI DE LA POR*
52. *Rudyard Kipling, KIM*